度夏笔记

戴茵 著

岳麓書社·长沙

图书在版编目（CIP）数据
度夏笔记 / 戴茵著. -- 长沙 : 岳麓书社, 2024.
ISBN 978-7-5538-2125-2
Ⅰ. I267.4
中国国家版本馆CIP数据核字第2024A3F050号

DU XIA BIJI
度夏笔记

著　　者 | 戴　茵
出 版 人 | 崔　灿
出版统筹 | 马美著
责任编辑 | 陈文韬
助理编辑 | 夏楚婷
责任校对 | 舒　舍
书籍设计 | 罗志义

岳麓书社出版发行
地址 | 长沙市岳麓区爱民路47号
承印 | 湖南天闻新华印务有限公司
开本 | 890mm × 1240mm 1/32　印张 | 10.5　字数 | 200千字
版次 | 2024年9月第1版　印次 | 2024年9月第1次印刷
书号 | ISBN 978-7-5538-2125-2
定价 | 78.00元

目录

万里路 三千年

无限接近天

群贤毕至的开场，两个人的收梢

出发前，朋友发了个微信给我："祝朝圣之旅顺利。"

我敷衍着回了个笑脸，在心里嘴角却是往下撇的。

我这个有着所有中年人爱好的朋友，怕是拜庙拜成程序了，以为所有人去西藏都是去朝圣的。

对于一个唯物论者，我就是看了再多的《人鬼情未了》和《星际穿越》，也不会相信肉眼能看到的东西有什么神圣可言。肉眼看不到的，也不是我等俗物有心力顾及的。所以，我觉得我们这次是去看风景，或许探险，绝不是朝圣。

但是，当车攀上嘉措拉山，喜马拉雅山脉那一连串的雪峰猛地撞入眼帘时，我的心像被什么紧紧拧住，拧出了一股股水流，从我眼里冒出来。面对天际线上一个个独立而又相互呼应的白色尖峰，睥睨众生的重量压得你恨不得跪倒，以顺服的姿态祈求怜悯。这不是神圣，是什么？

天上那道目光

当神圣不是来自人间，而是来自万物之主，除了朝拜，我们别无选择。

现今几乎所有的事情，开端都是一顿饭。饭桌上，时予不厌其烦地跟每一个人确认出发的意愿。作为发起人的她，只想在“二胎”“股市”“房价”的话题中杀出一条“开车去西藏”的血路。据我这后来者观察，她问到的每一个人几乎都表达了全身心的支持，有的发散到“国产SUV与进口SUV性能比较”主题，有的已经开始列“高原生存必备清单”。在时予执着的努力下，此后多顿饭都以此为专题展开讨论。尽管我只参与了其中的两顿，但从她组的微信群来看，至少有20人是“开车去西藏”主题活动的成员，真是“群贤毕至，少长咸集”。我几乎看到了一支浩浩荡荡的车队正洋溢着无比的青春自豪感绝尘而去。

而我，在不上饭桌的大多数日子里，都在为争取2018年8月的这段假期而奋斗。或在领导能看到的每一个地方展示我挥汗如雨的工作狂形象，或瞅着领导心情还好的每一个片刻描述牺牲小我的假期繁荣社会主义文化事业的艰辛，或抓住领导得意的每一个瞬间充分表达年假对于一个好员工的重要性。目标只有一个，就是把“2018年8月我要休年假开车去西藏，有事没事都不要找我，找我也没用”的印象刻入每一个领导的脑海里。鉴于上一次同学们组团去西藏，我却被领导无故不批假害得脱离团队的悲惨事件，这种死缠烂打的工作方法很有必要，而且必须持续一年。想想，那么多群友坚定地表示他们一定紧跟时予的步伐、听从时予的指挥，而我迟迟不能报告出发的日期，这是多么高下分明的两种人生啊。就在我出发的前一夜，我还心怀忐忑，生怕接到加班通知。

我这厢还在为假期厮杀，那边人声鼎沸的局面却在悄悄改变。能主动报告无法出行的就算靠谱了，更多的是深潜网络黑暗处不知所终。眼看着一支浩浩荡荡的车队是组不成了，但有两三辆车好歹也是个先锋队，谁叫先锋就是这么孤独呢。

不过我们这台先锋一号却有些问题：渔夫家的“大白”装着司机A角——渔夫、司机B角——我，和领队加全陪加导航——时予，我这个司机B角却没有足够的信心。作为一名多次让坐骑大修的修理厂最爱，要开车走以难缠闻名的国道318，还得提防高反，我心里不可能不生怯。同时，我还没请到足够的假，只能开着去，不能开着回。这就意味着，我们还需要一个司机，最好是男性。我想到了我的一个朋友，他曾几次开车往返西藏，是最合适的人选。关键是他有空当吗？出乎我意料，他居然没怎么犹豫就答应了。他热心地提建议、改行程，俨然领袖风范，当然凭他几次进藏也够格指导。不过领袖风范维持的时间不长，几天后他说他不去了，因为他得留假期给10月的新疆行和年前出国接女儿。

司机B角责无旁贷。我豁出去了，不就是长途开车吗，不就是高反吗，不就是道阻且长吗，我带足药，我睡足觉，我打起十二万分精神，我就不信能出什么岔子。

若说“大白”的组队有点波折，那“小红”就是个奇迹了。贤贤开始并没打算参加，没假是个原因，更重要的是她家的小红是辆低排量小车，不合适上高原。临近出发，微信群里还多少浮出来些真人，于是他们又组了个饭局，讨论行程细节。贤贤是作为活动积极分子而不是西藏车友团成员参加的。我猜测，尽管当天来吃饭的人还是不少，但“大白”团队成员心知肚明，到出发那日，估计也就只有“大白”了。于是时予和渔夫两人怎么也要为“大白”找个伴。时予倒还罢了，渔夫平时可从不靠言语取胜的。两人加足马力，准备超水平发挥拿下“小红”。但是贤贤压根没给他们机会，爽快答应同去。7月28日清早，我开着我的“小小黑”到出发点，看见整装待发的“小红”和“小红”一家吉祥三宝，脸上全都写着“青藏高原我来了”。

至此，西藏车友会缩减成了两台车、六个人。两台车是渔夫的“大白”——白色长城哈弗H9和贤贤的“小红”——红色日产骐达，六个人是我、时予、渔夫、贤贤、贤贤的先生和女儿。

两台车就这样相依相伴，沿着风光无限的国道318，跨乌江、穿二郎山、出甘孜，跨金沙江进藏，翻过澜沧江、怒江、雅鲁藏布江三大河谷，一路西行，其间收获的惊喜、遭遇的艰辛自不待言。但“小红”入队毕竟是临阵磨枪，从工作中偷来的时间实在不够跟着大白一路前行。8月5日，两车在雅鲁藏布江大峡谷依依惜别，“大白”继续勇攀高峰，“小红”转道拉萨返程。

如此，“大白”成了真正的孤家。三个一路克服了堵车、塌方、高反、寒冷的家伙胆子越来越肥，路上瞧见什么美景，立马车头一转去看个究竟，我们在路上的时间越来越长。西藏天黑得晚，到晚上八九点都还有点微光，但我们基本上是顶着黑漆漆的天空进酒店。

进入藏地后，每过一乡必有安防站，再往里走加个油都得登记身份，检查的密集程度提醒我们已经到了边境。而且越往前走，那些车身上贴着花里胡哨的“318我们来了”“2018勇闯西藏”的车都不见了。好多时候，我们孤单地奔驰在蓝天白云下，陪伴我们的是牦牛和山羊，间或有三两个藏民。

我的假期转眼就没了，前方打来的电话也多了起来。“大白”开进拉萨后，我就得跟它说再见。8月14日早晨，我目送着风尘仆仆的“大白”转身离去，现在他们只剩两个人了。

此后，渔夫和时予驾着“大白”，过唐古拉，翻昆仑山，蹚盐湖，千里走单骑，有惊无险地回到家中，于我又是另外一个传说。

一路牛羊相伴

青藏线上的盐湖

下马威

人人都知道青藏高原风景美不胜收，但在世界各大著名景点都被中国人挤爆的时代，西藏的很多地方居然还游客寥寥，高反的恐吓效应“功不可没”。我去派出所办边防证，热心的户籍警还特地叮嘱一句：“有高血压就别去哦。”

我们当然也害怕高反。出发前，微信群里的防高反学习如火如荼。标配红景天冲剂是我等图省事人员的选择，高配红景天原株加黄芪泡水，闻上去一股陈年烂木头味，是中医药专家渔夫的选择。出发时，不管是牛高马大的“大白”，还是娇小玲珑的“小红”，全都装上了氧气包和葡萄糖。

我们一路西行，第三天就进入了高原。我们这伙人，除了贤贤家的姑娘，都不是第一次上高原，对高反还是有一点心理准备的。尤其是我，上一次到新都桥时活蹦乱跳得像个蛤蟆，颇有些轻视这个高度。但这一回情况似乎有些不一样。

折多山垭口是我们此行翻过的第一个高海拔垭口。“大白”一爬到4000米的位置，我就条件反射般地觉得喘不过气来。虽说之前的康定城也有2560米，灿烂阳光下，大渡河从城中呼啸而过，让你就记得跑马溜溜的山，哪里还感觉得到，这儿已经比长沙高了好几座岳麓山。但折多山不同。

一开始攀爬折多山时，我们还沉浸在中午康定那顿藏餐的兴奋中。酸奶地道，虽然价高；糌粑稀奇，虽然不敢去想是怎么做出来的；风干牛肉美味，虽然炒在一起的大红辣椒让人嘀咕咋藏人也爱这口。关键是老板娘和服务员小妹那大大的眼睛、高直的鼻梁和黑红的双颊，美得跟我们这些小眼睛小鼻子的南方人截然不同，勾起我们对高原美女的无限想象。爬着爬着山，康定的阳光退去，天色阴沉了下来，下起了小雨。随着海拔表指针逐渐向上攀升，头也晕了，气也喘了，似乎身体在拼命捞取氧气，管他是不是真的需要这么多。

折多山垭口海拔4298米，气温也下降到了13℃，但这些困难都不能阻挡人们对征服高原的热烈表达。刻着海拔数据的巨石前围着一大堆人，都在奋勇向前抢占C位。垭口还修了一条登山道，让你可以爬到更高的地方俯视众生。两旁一路有五颜六色的旗帜牵上去，迎风招展，煞是好看。后来我知道了，这不是旗帜，是经幡，也没有六色，只有蓝白红绿黄五色。

但当时，我看着奋勇向前的拍照人群和爬山人群，只觉得

穿城而过的大渡河

经幡引领的登峰路

头晕目眩，匆匆忙忙抢个位拍了张“我终于爬到4000米以上”的照片就钻进了车里，同时招呼拿着手机四处穿梭寻找最佳摄影点的同伴赶紧走人。“大白”一下这个垭口，我顿觉呼吸顺畅，头也不晕了，一口气开到了新都桥。

新都桥不是桥，是一个海拔3300米的镇子。地毯似绵延的草原上星布着颜色丰富的房子，浅浅的河水自由地流淌着，远处雪山在蓝天下熠熠生辉。天鹅在上，我的蛤蟆天性蠢蠢欲动，在酒店庭院里到处乱窜。等赞美了天空、鉴定了格桑花、挑剔了伪装成小木屋的酒店房间、观察了新鲜松茸后，我突然觉得心脏根本不想待在它该待的地方，突突往外冲。连平常难得一闻的松茸炖鸡的香气也无法安抚住它。我揣着一颗怦怦乱跳的心，依依不舍地丢下没吃几口的松茸，穿过乐声震天的大堂，一边痛恨自己不能跟着藏族哥哥妹妹们学着甩衣袖，一边以慢镜头般的动作爬回了房间。

进入高原的第一夜，我躺在床上一动不动，细细地体会高原给我的下马威。

风景还在，你却忘了

离开新都桥，要翻的垭口越来越高，盘山公路越来越多。曾经有位领导坐我的车时，颇想对我的车技评价一二，沉吟再三，憋出一句“还是要多开开山路才行”。翻越剪子弯垭口需要开的山路，我想，应该符合他的训练要求。爬到垭口往下看，刚刚开过的山路就是一个个平躺的“8”字，一层层垒着，延伸出无限的感觉。领导有眼光，爬起山来，连道路都有了哲学意味。

这样哲学的道路，我们本该在新都桥之前就要挑战的。二郎山是国道318入藏的第一个难关。从500多米的雅安市到3437米的二郎山，骤升的高度会给道路带来多少无限往复，是可想而知的。攀登有多艰难，到达峰顶就有多风光，所以每一个第一次走川藏线的人，都是在这里燃起了征服高原的无限雄心。然而，2017年9月，新二郎山隧道贯通，从天全县入口进去，重见天日时，已是13公里外的泸定县。十几分钟时间就可以把二郎山抛下，轻松固然轻松，二郎山的陡峭险峻也成了探险者的专利，普通如你我，怎么还会特意从荒野中寻找那条老路呢？

其实，国道318在四川界内还不能被称为挑战。尽管有诸多4000米以上的高山，但道路平整宽敞，路面维护得相当不错。一过金沙江，进入西藏的昌都，我们就见识到了大自然的威力。金沙江也好，澜沧江也罢，都在西藏毫不客气地狂野了一把。沿途不时见雨季丰沛的河水把路基冲走，水泥的护坡整幅整幅地坍塌，有时连路面也给带下去一半。每当车流慢慢地降速，直到彻底停下，排成一条不见首尾的长龙时，我们就知道前面必有塌方。堵车的地方在河谷还好，河水在耳旁呼啸而过，站在河岸有一种心旷神怡的感觉。如果堵在山腰，刺激感就放大了好多倍。站在高高的山崖上，看着远处澜沧江劈山斩石一路狂奔，穿过望不到底的山脚，又向远方冲去，让人提心吊胆。

堵车时单边放行，轮到我们这侧的车辆放行时，我们就可以缓缓地挪出事故路段。说缓缓，不只是因为车多，更重要的是，有些路面塌了一大半下去，或者大块大块的落石把路面砸出了一个又一个大坑。凭你技术再好，也不敢跟情绪不稳定的大自然开玩笑，路边堆着的那一辆辆缺轮子少顶壳的车子还在默默地悲伤自己的不幸呢。据说，更不幸的已经跟着河水去了

澜沧江

金沙江

远方。

好不容易爬上拉乌山，已经是4338米的高度。风景陡然一变，不再是河谷张牙舞爪的霸道，而是高原空旷深远的沉着。一大片黄绿相间的“毯子”在眼前铺开，随着坡度微微起伏。坡下有一座庞大的电站，老远老远的地方依稀还立着几座帐篷。渔夫是个能干人。能干人的特征是，每到可以发挥才能的地方绝对不会错过。于是，他从大白顶上的百宝箱中依次掏出了炉子、锅碗瓢盆，甚至铲子。铲子是用来挖坑垒灶的。在狂风凛冽的山顶，如何做到炉火不被风吹灭而又要保证它有充足的空气燃烧，确实是能干人的知识范畴。我们余下几个傻乎乎地站在坑旁，边看着他忙活，边拍照发朋友圈。这么高的地方居然也有网络，朋友圈里马上就有人评论：“渔夫是在挖蚯蚓吗？”对于这种没见过世面的朋友，我们几个不想搭理，其实是因为热气腾腾的方便面已经出锅了。

吃完面，告别旷远的风景，又是一路悬崖峭壁。觉巴山高3911米，觉巴山垭口虽然高度不算起眼，但澜沧江的狂野力量使它成为川藏线上有名的天险。我们平安跨过了天险，自觉又做了一件大事，全都松了一口气。然而，刚往下走就看到山间堆满了黑乎乎的钢管水泥，蓝色的工棚挤在当中。山壁上赫然刻着几个大字：觉巴山隧道。原来这下面正是隧道工地，隧道口已显露了出来。也许要不了多久，翻越觉巴山垭口也会成为探险者的专利。

三天后，我们从波密去往林芝。这段路上有个著名的通麦天险，我们闻名已久，全都心神激荡。我们只从照片上看过这个号称“坟场”的天险：在悬崖边凿出的一条逼仄的通道，稍大一点的车轮子都会悬空，长长一条车龙像是贴在峭壁上，极其不靠谱的样子。听说，路况差时，车子开着开着掉下去的事也会发生。敢走这条路的，都是英雄。在通麦镇外，我们特意去瞻仰了十英雄纪念碑。

十英雄是10名在川藏线上执行运输任务的解放军人。1967年8月，他们经过此地，帕隆山发生山崩。10名勇士冒着飞沙走石进入险区，最终没能躲过帕隆山的又一次崩塌，牺牲在川藏线上。十英雄纪念碑就建在国道318旁，在公路上却根本看不到。穿过路旁的围栏，绕到镇派出所后面，登上几十级台阶，就可以看到一座巨大的花岗岩雕像，上书红色大字“无限忠于毛主席　川藏线上十英雄　纪念碑”，下方用庞大的花岗岩雕刻出10名勇士在乱石堆中推着汽车奋力向前的瞬间。此时大山一派安详，霏霏细雨里，早已找不出天崩地裂的一丝痕迹。如果不是这座纪念碑，谁会知晓这儿曾有那么惨烈的一刻。我们深深地鞠躬，为他们年轻的生命，为所有无畏的灵魂。

从波密县城到林芝市鲁朗镇的这一段路，之所以被称为天险，是因为上有帕隆山的落石滚滚，下有帕隆藏布江的波涛奔流，据说这是“世界第二大泥石流群”，滑坡、塌方是家常便饭。路窄弯急，错车被挤下山崖之事时有耳闻。导航员时予还说，易贡藏布上的通麦大桥几次垮塌，每一次垮桥，波密一带都会跟外界完全隔绝。临时修的大桥有部队驻守，每次只能过一台车。可是真当我们半紧张半兴奋地开上这条路时，才发现完全找不到天险的感觉。路面铺着平整的沥青，虽然还是双车道，但够宽敞，只要不遇到疯子也很难被挤下山崖。开车的渔夫一路嘀咕：“哪里险了，哪里险了？”时予不动声色地回答：“前年这段改建工程就完成了，现在不存在天险一说了。”

时予说的那座由军人执守，一次只能过一台车的桥是一座悬索吊桥，低低地悬在江面上，远远看去，细细的锁链是那么单薄，似乎一阵清风都能让它摇摆。它旁边百米左右就是改建成果之一——通麦特大桥。这同样也是一座悬索桥，高高地架在帕隆藏布江上，但高耸的水泥塔柱拉起的粗壮拉索完全刷新了悬索的定义。旧桥应该已经禁行，灌木和野草淹没了上桥的道路。同样弃用的还有浅浅刻在悬崖上的老318国道。改建的道路深深地凿进山里，在落石频繁的老虎嘴、飞石崖一带修了

“通麦天险”的新旧二桥

五条隧道。隧道外老路上的荒草已经长得有一人高了，不仔细看，根本不知道那儿曾经是川藏线的咽喉要地。五条隧道和两座特大桥彻底终结了通麦的坟场历史，也抹去了它作为天险的成就。

我们一路上讨论，这个时候走川藏线是幸还是不幸。天险几乎被大桥和隧道消灭，尽管一路上还有塌方和落石，但维修速度很快，基本上一两天就可以通行。不需要考验勇气和力量，也没有了战胜自我的机会。现代科技在飞速改变川藏线。我们今年还在体会的艰险，说不定明年就成为历史。当川藏线与高速公路一般无二时，你是否还会为走一趟而留下文字呢？

不再险要的觉巴山

天作高山

高度这个玩意儿，是要习惯的，人生的位置如此，登山更如此。

我们这一路，第一次迈过海拔5000米，是进入西藏界的第一天。我们几乎不停地在上山下山，刚刚在谷底的澜沧江畔享受着20℃的和暖阳光，转眼又攀上海拔2000多米，领教5℃的刺骨寒风。东达山垭口就是这么猝不及防地来到我们眼前的。

天空越来越阴沉，气温迅速下降，山体的颜色也越来越灰暗。当“大白”的海拔表攀上5100米后，车流渐渐慢下来，路旁停着的车越来越多，道路两旁五颜六色的游客窜来窜去，我们就知道，我们到了第一座海拔5000米的高山——东达山。

东达山垭口不大，游客却众多。道旁垒着一个金字塔形的砾石堆，上面用漂亮的藏汉字体标注：东达山，海拔5130米。我一爬出车，马上感受到了车内外的差别。我拼命拉下帽檐，锁紧鸭绒衣，缩头缩脑往前挪，恨不得变成个球，这样寒风就不会吹得额角疼了。却见那些五颜六色的游客，你拥我挤地在砾石堆前拍照呢。居然有一位身着薄纱长裙，手拿轻纱长巾摆着经典的V字造型。我气喘吁吁、头痛欲裂、手脚冰凉，自然绝了竞争的心思。好在前面还有一块旧旧的铁皮标牌，蓝底白字，虽说字体有些土气，但最重要的“东达山”和“海拔5130米”都清清楚楚，而且大家都到漂亮的砾石堆前抢C位去了，这块牌子没人拍。可是我高反，我的手机也不甘落后，一拿出来就死机了。我只好招呼渔夫帮我好歹留个影。渔夫的手机和他一样皮实，关键时候不掉链子，但估计因为风太大，我那句话中的“好歹”他漏听了一个“好”字，所以拍出来的照片，有猥琐的我，有五色的经幡，有牌子的一部分——有“海拔”，没有“5130米”。

好在我帮他拍的照片里，“海拔5130米”还是完整清晰的，应该没有人怀疑我们爬了一个真的5000米海拔的高山。

初入藏，就给了这么高的山，高原也真看得起我们。要知道，珠峰大本营也不过是海拔5200米。

再次遇到海拔5000米，是7天后。其间，我们爬过玉曲河边的业拉山（海拔4658米），也住过海拔2750米的波密，才一路攀升到海拔4500米的色季拉山，又一路下坡到雅鲁藏布江大峡

卡若拉冰川

谷里的巴宜镇。如此循环往复，大家被高原刺激的心脏也渐渐安分了下来。这时可以好好享受高度了。

离开雅鲁藏布江大峡谷后，“大白”和“小红”就分手了。“小红”要直接去拉萨，“大白”却还有一个伟大的梦想。

我们穿过羊卓雍错，出浪卡子，一路攀爬，就看到道路前方一幢色彩鲜艳的大牌坊上写着：江孜县卡若拉冰川景区欢迎你。

卡若拉冰川恐怕是最靠近公路的冰川了，看上去，那雪白的峰峦好像就在右手旁。卡若拉冰川也是鼎鼎有名的电影明星，在《红河谷》《江孜之战》《云水谣》里它都是本色出演。道旁立着几块纪念石，骄傲地宣示它的演艺史。一条木栈道一直修到它的脚下，可以让你近距离观察。不知道是不是做一件事越难，收获才会越美妙，我们可以近距离看到的这座冰川实在称不上绝世佳人。它是海拔7191米的乃钦康桑峰最大的冰川，有两条冰舌，西边那条当中偏东的位置有一个巨大的三角形豁口。《红河谷》的雪崩场景就是炸掉这儿拍出来的。古冰川炸掉了是长不回来的。它的雪线缩到上面很高的位置，下面露出大块的深褐色山体。据说，原本它的雪线能直逼公路。我们看着这个残缺的美人，伤感地想象它全盛期的美貌。

路牌告诉我们，这儿是海拔5040米。

我们告别了扎什伦布寺后继续西行。按计划，我们当晚应该宿在定日县，第二天才能造访珠峰。可当我驾着“大白”攀上一个陡坡时，嘉措拉山口迎面扑来，我遭遇到了今生最大的震撼：在“您已进入珠穆朗玛峰国家级自然保护区”牌坊后面，天地已连成一线，天与地的结合处，是一座又一座雪白的山峰，它们占据了整个天际线，峰尖直插入云中。那，一定是神灵的所在，不然，为什么我一看到它们就泪流满面，仿佛委屈的孩子找到了父母的怀抱，又仿佛迷途的旅人终于抵达了终点。我卑微的眼睛分不清哪座是珠穆朗玛峰，哪座是卓奥友峰，哪座是洛子峰，哪座又是马卡鲁峰，只看得到它们用雪白的峰峦在天边勾画出一道道意味深长的折线，连绵不断，直到世界的尽头。当时已是下午6点半，白昼正在依依惜别，太阳已转身离去，但余晖还久久抚摸着雪山的臂膀，为它们舞着光明和阴影的探戈。雪白的山峰下是苍黄和灰褐交错的山地，夹杂着零星的绿意，一直延伸到我们脚下。公路旁的野地里，铺天盖地的五色经幡在凛冽的寒风中飘舞。写着“嘉措拉山 海拔5248米”的路标石上系着白色哈达，我不愿意让同伴看到我在流泪，假装凑近研究这块满是旅人笔迹的路标，悄悄地抹去了泪水。

海拔5248米，是我们最接近天空的高度，几个中年男女折腾了半世，也算是站在了人生的至高点。

珠峰应该是定日县最大的生意。协格尔镇上来来往往的似乎都是拜访珠峰的游客，318公路两侧有好些客栈，有些低矮的藏式屋子被拆了一地砖瓦，旁边是正在修建的瓷砖铝窗新客栈。定日县的珠峰生意做得真不错，我们住的这家酒店也不例外。我们小心翼翼地沿着拆了一半的餐厅把车开进堆满建筑材料的院子，瘦小的老板骄傲地指着旁边建起的两层钢筋水泥框架说，年底就有新客栈了。客栈已满员，老板还在不停地接电话，回绝临时加的订单。这是个家族生意，四川来的老板一家人，都已经长出了红彤彤的高原脸。点菜的老板娘还热心地帮我们分析明天能不能看到珠峰。

8月正值西藏雨季，云层很厚，珠峰常常被遮住。

第二天一早，我们怀着激动的心情向珠峰进发。这一路山势明显放缓，公路外是绵延的坡地，刚开始坡地上还是一片绿意，越往上越显荒凉。褐色土壤夹杂着灰黄色的岩石，毕竟是雨季，还是有些绿色植物在萌生。山势不险，道路也平缓，黄、褐、绿色的大地上，柏油路如一条黑色的绸带，蜿蜒曲折，勾画着大山的轮廓。即使在这天地的尽头，都能看到巨大的输电塔牵着电缆从一座山跨到另一座山，在我们转过一个山头时也常常能看到中国移动的巨大基站。

今天的阳光似乎也有些犹豫，这个山头抢到了它的施舍，那个山头却被抛在了阴影里。我们在或明或暗的天光下疾驶，爬上了海拔5210米的加吾拉山。突然前方一座巨大的雪峰撞入眼帘。“那是珠峰吗？”我们都在惊问。路旁收费的老头笑呵呵地点头：“是的呢，是的呢。”我们几个兴奋地大叫：“谢谢您，扎西德勒。”

扎西德勒，珠穆朗玛。

从这儿开始，我们的行程完全在珠峰的笼罩之下。我们看着它那巨大的白色身躯迎面而来，即使转过身去，也能感受它的俯视。当然，也许我们早就在它的笼罩之下了。

这是一种怎样的注视？珠峰庞大的白色山体占据了全部的前景，峰线如刀，从下向上劈开天幕，直入云霄。碧蓝天空里，白云一团团飘过来，又一团团飘开去，珠峰那优美的尖峰时不时露出来，逼视着下界俗世红尘。看不见它，我们暗自感伤自己的渺小，看到了它，又惶恐区区凡人何以得垂青。那沿途的经幡和哈达不是在表达同样的卑微和颂扬吗？

因为珠峰的巨大，尽管我们早早就进入它的视线，但开到它的脚下仍然花了不少时间。在亲近珠峰之前，还有一个世界

露出真容的珠峰

珠峰的凝视

之最值得我们驻足。

绒布寺是世上最高的寺庙，建在珠峰北面，离峰顶只有20多公里，也曾经是从北坡登珠峰顶的大本营。我们到的时候，绒布寺正在维修。低矮的寺门里面，主殿被脚手架和遮布包围，四周散布着建材。渔夫拿上我们带的西瓜，说寺里的和尚在这么高的地方难以吃到水果，要把西瓜送给他们。

我们买了门票后，把西瓜送给了庙里的喇嘛。那喇嘛看上去还是个大男孩，拿了西瓜一脸的不好意思，竟把正在维修的主殿大门打开，还要负责收门票的女人给我们讲解。这可是意外之喜。女人详细地介绍殿内供奉的神祇和壁画的故事，我们似懂非懂地听着，只知道有释迦牟尼和莲花生大师。

主殿的楼上有个回廊，此时坐了一圈工人，看他们那卷曲的头发和高挺的鼻梁，应该是藏族人。他们好奇地盯着我们，我们招呼："扎西德勒。"他们高高兴兴、七嘴八舌地回道："扎西德勒。"时予问："墙壁上的画是你们画的吗？"他们点头答是。回廊墙上装饰着一圈佛像和宝物，有些已经完工，有些还只见线描底稿，正等待上色。壁画用的都是明度很高的颜色，鲜红、碧蓝、金黄、漆黑，也许藏族人是用这样纯净的颜色回应纯净的雪山吧。

车子离开绒布寺，开了两公里就到了公路的尽头。前方碎

绒布寺

修寺庙的藏族汉子

石地上搭了一圈帐篷。这圈帐篷看上去不起眼，却正是著名的珠峰大本营，也是我们期盼已久的目的地。帐篷后面，珠峰那金字塔形状的峰峦占据了整个天空。阳光洒在它的头顶，给雪白的峰尖染上一层金色。碎石地上立着两块石碑。小的那块标注着这儿是珠峰大本营，海拔5200米；大的有两人高，模拟珠峰的形状，是珠峰高程测量纪念碑，用藏中英三种文字标注着珠峰高度的最新测量结果：海拔8844.43米。

那是终我一生也无法企及的高度。

再往前走，是一块写着“游客止步”的公告牌，和巴松边防派出所出的告示。其实，这儿离登山者居住的大本营还有3.7公里，尽管告示禁止游客进入，可这儿空旷得很，没有什么能阻止你往前走。也真的有人背着行囊沿着土路朝珠峰走去。我跃跃欲试，往返七八公里也算不得挑战。可我们对高原徒步的时间没有把握，如果耗时太长，回定日县就可能得摸黑开车了。在海拔5000米的高度上上下下，路修得再好，我们心里还是有些发怵的。到底下不了决心，我们只好坐在雪水化成的小溪旁，仰望近在咫尺的珠峰。即使这么荒凉的高原，也有一种类似荨麻的植物顽强地在岩石缝中伸展它那绿油油的枝叶，我们贵为高等生命，却无法自由生长，不能不让人惆怅。

离开时，我几乎是倒退着走出帐篷阵的。珠峰沉静地看着

珠峰大本营

我们一点点远去，一如它看着岁月更替，沧海桑田。一次朝拜也许穷尽了人的一生，于它不过是时间的碎屑。

在返程的路上，我们才发现，一路伴随着我们的不只有黄褐色的山坡，还有黄褐色的精灵——羚羊。一群大大小小的羚羊从车头跑过，霎时消失在与它们同色的山体里。偶尔一回头还能撞见落单的小羚羊站在公路旁，黑亮的眼睛直愣愣地瞪着你，发现你瞧见了它，又“嗖”地一下钻进了山里。

第二天，雨下大了，我们庆幸自己的运气：如果是这一天去珠峰，肯定看不到它的真容。据说上帝关上了你的一张门，就必要给你打开一扇窗。昨天给我们行了方便的老天爷，今天果真就把我们的地图调成了困难模式。

318国道又称沪聂线，“聂”就是我们要去的聂拉木县。大白开到通拉山时，我们就明白了上帝给我们关上了一扇怎样的门：海拔5140米的通拉山视线开阔，可以清楚地看到喜马拉雅山群峰，包括那座唯一完全在我国境内的海拔8000米以上的雪山——希夏邦马峰。可此时，天空乌云翻滚，把天际线遮得严严实实，看不到雪山的一丝痕迹。在乌云笼罩下，通拉山愈显荒凉，满眼都是褐色的土地。

我们悻悻地继续往聂拉木县驶去。国道318的终点在聂拉木线的樟木口岸，这是通往尼泊尔的最大边境口岸，也是西藏夏尔巴人的聚居区。然而，我们开到沪聂线5343公里处时，再也无法前进。检查站说，樟木口岸在维修，不接待游客。我们想往左拐进樟木镇，检查人员也不答应，说镇里也在维修。我们只好爬上公路旁废弃的电塔底座，眺望溪水那边依山而建的镇子。这儿海拔只有2300米，草木葱茏，阳光明媚，恍惚间，我们好像来到了湘北的小镇。

四天后，我飞到上海。车子驶上高架，我抬头看去，桥上的路牌赫然写着：沪青平公路（沪聂线）。啊，我又回到了起点。

水做的骨肉

从湖南来西藏做工程的李总说："西藏最不缺的就是水了。"

这和一般人的印象不一样。

我们形容西藏天高地阔、气象深远，往往只想到它的山。但西藏其实是水做的骨肉。

据《2017年中国水资源公报》，2017年，全国水资源总量为28761.2亿立方米，西藏拥有4749.9亿立方米，占16.5%，居全国首位。第二名四川，水资源总量为2467.1亿立方米，与西藏的差距超过了云南的水资源总量。

是水塑造了西藏变幻莫测的雪山，是水滋养了西藏丰盈的大地。

但其实西藏的年降水量只有631.7毫米，还不到全国的平均值。它的水基本是地表水，是大江大河，是高山湖泊。西藏有1500多个湖泊，其中面积超过100平方公里的就有47个，湖泊面积2.4万平方公里，占全国湖泊面积的三分之一。

我们一路西行，总有大河不离不弃。

金沙江名副其实，宽阔的河道里奔腾着一江金水；澜沧江的色彩却丰富得多，金红色的江水在苍黄色的河谷里倾流，深深浅浅的绿在山石上刻画出一个个任性的图案；怒江更是深切入崇山峻岭，水势凶猛，河谷以上一片灰褐，车道外全是细碎的小石子，对岸巨石嶙峋。

最亲切的还是雅鲁藏布江，自然乌一见，我们就几乎再也没有和它分开过。它有时叫帕隆藏布，有时叫尼洋河，这会儿在我们的左边欢歌，下一刻又窜到我们的右边挑逗。它时而呼啸呐喊，湍急的水流狂放地奔腾而下，原始的生命力让人心惊；时而一派恬静，宽广的水面伴着浅滩沼泽悠悠地起伏，慵懒的神态仿佛包容世间万物。它从杰马央宗冰川出发后，就一直沿藏南谷地往东，要绕过南迦巴瓦峰后才做一个90° 转身，南下进入墨脱县巴措卡村，再穿过藏南地区，流入印度阿萨姆邦，成为他们的布拉马普特拉河。而我们一路西行，总是看着它向我们的来路奔流，奔赴它的宿命。

水对西藏的塑造有多用心，对西藏的考验就有多严苛。藏地的河流和湖泊大多与雪山冰川息息相关，再加上夏季降水增多，水量暴涨，给河流增加了强大的冲击力，河水掏空河堤

金沙江

雅鲁藏布江

的底座，席卷泥沙而去，留下濒临崩塌的山崖。我们在金沙江畔，在澜沧江河谷，在怒江大峡谷，都见识了水这种改天换地的能量。稍有动静，被水掏空的山崖就会崩塌，堵塞河道，形成堰塞湖。堰塞湖承受不住上游来水，会在顷刻间溃决，巨大的水体可以轻易给周遭一切带来灭顶之灾。

考验固然严苛，回报却很丰厚。西藏的河流几乎都具有落差大、水量丰沛的特点。金沙江落差5100米，年平均流量4750立方米/秒；澜沧江落差5000多米，年平均流量2352立方米/秒；怒江落差4848米，年平均流量2219立方米/秒；雅鲁藏布江落差5475米，年平均流量4439立方米/秒。论水量，雅鲁藏布江、澜沧江、怒江分别是中国的第四、第六和第七位。排第一位的，是以金沙江为上游的长江，年平均流量3.05万立方米/秒。巨量的流水，给它们经过的区域带来湿润的空气和丰富的矿物质。高原在水的滋养下迸发出强大的生命力，让高于海平面几千米的地方依然能有多姿多彩的植被和自由生长的动物。

现代文明不会放过这么肥美的礼物。落差大，是河流上建水电站的天然条件。西藏的几条大河，无一例外全属于国家规划的大型水电基地范围。金沙江是我国最大的水电基地，光上游川藏段就规划了8个梯级电站。澜沧江在放弃了三江并流区域的果念水电站后，仍继续推进15级开发规划。怒江水电基地是规划中最重要的待开发项目，在遭遇舆论强烈反对后暂时搁浅，但上游的松塔水电站已经动工，且怒江上小水电早就遍地开花，完全称不上“原生态河”。至于在西藏界内长度达2057公里的雅鲁藏布江，藏木水电站已经运行，利用雅鲁藏布江大拐弯裁弯取直的墨脱特大水电站也进入了规划。

我们在巴宜镇往泽当的路上，遇到了加查水电站和藏木水电站。加查水电站还在建，藏木水电站藏在幽深的大峡谷里，大门口显赫地标示着它的诸多第一。沿江上溯，就可以看到巨大的水泥坝体把河流拦腰截断，江水从水闸中喷涌而出，在江面上形成一大团水雾。

水对西藏的馈赠少不了那些如珠似宝的高山湖泊。

“大白”离开雅鲁藏布江向南，沿省道307在山中盘旋，一转头，山谷里长出了一条蓝色玉带。羊卓雍错就这么猝不及防地出现在眼前。水刚刚在雅鲁藏布江里还是复杂得难以形容的大地色，在羊卓雍错却滤去了所有的杂色，只剩下纯净的蓝。雅江上空那灿烂的太阳已经躲进了厚厚的云层，却不妨碍羊卓雍错在灰蒙蒙的天色下闪烁着如玉的温润光泽。怪不得它有“碧玉湖”的美称。从地图上看，羊卓雍错就好像一支舒展的珊瑚，触手探入群山的脉络。我们看到的那条玉带，不过是

藏木水电站

这支珊瑚的底边，它的枝丫不断向南伸展，它的西面是宁金抗沙峰。它的三个姊妹湖——空母错、沉错、巴纠错，和它的枝丫纠缠在一起。如此复杂的设计，凡眼又如何能领略它的丰姿呢？

省道307的这一段简直就是羊卓雍错的湖畔公路。珊瑚的枝丫往西南生长，路也把我们引向西南。美丽的玉带一直在我们左边如影随形。随着车行高度的降低，纯净的钴蓝里渐渐加入了和暖的绿。当公路几乎与湖面齐平，我们与它只有咫尺之遥时，它竟变成了一块玻璃种翡翠，浅浅的绿色在通透的水中游荡。这时太阳钻出了云层，把水面映照得波光潋滟，嫩绿的水草随着微波起伏，仿佛这湖泊浅净得让你能一眼望穿。其实它是在用纯净哄骗你忽略它的城府：羊卓雍错有20—60米深，容积有146亿立方米。而我国第二大淡水湖洞庭湖，论天然湖泊的容积，也就比它多32亿立方米。它是一个堰塞湖，来自亿万年前冰川泥石流的创造。同时，它还是藏传佛教的圣湖，在寻找达赖喇嘛的转世灵童中起着决定性的作用。至简至繁，高原的内涵常常隐藏在单纯背后。

离开浪卡子，路过卡若拉冰川后，我们左边又缀上了一条玉带。这是年楚河。跟羊卓雍错不同，它呈现出一种丰满的湖蓝色，色彩浓烈得不真实。它的明艳让我们恍若梦中，只有梦

羊卓雍错

羊卓雍错

境才会有这般连绵不断的强势色彩吧。翻过海拔5040米的垭口后，对面山坡上出现四个大字：满拉水库。这条浓艳的玉带到此戛然而止，一座石坝给它打了个结。这是利用斯米拉山口拦截年楚河形成的水库，库容只有1.57亿立方米，如今它叫满拉湖，据说湖中还有龙马宗正府遗址。

这天，我们原本是要去陈塘镇的。从嘎定线往南有一条未完工的公路，正是往陈塘的路。昨夜一场好雨，此时空气中还水雾弥漫，远处的山脉都藏在厚实的云层中。东侧却是大片湿地草原，河水在草原里恣意流淌，点点黄花在绿茵中摇曳生姿，一时间分不清这是藏地还是江南。但无论如何，江南没有这大片空寂的野地。走到20公里处，一台挖掘机拦住了去路。原来，进陈塘的路口有巨石塌落，堵住了公路。这次，好像南端的镇子都和我们犯冲，樟木镇我们没能进去，陈塘镇也是如此。我们只能悻悻而返。

在江嘎去陈塘的半途有一个日屋镇，草原的河水从镇子前面淌过，一个个藏式小院在河流后面沿山势铺陈。小院里基本上是红檐白墙平顶屋。石头垒成的院墙只有一人高，墙顶密密麻麻摞着一团团黑褐色的泥饼，有些泥饼已发出了绿芽，好像是院落的装饰品。但其实那只是藏民当作燃料用的牛粪。尽管镇子上空已经有电线穿越，农户们的生活还是缺不了这最原生态的材料。此时是正午时分，屋顶冒出了炊烟，一股好闻的饭菜香弥漫在这不大的镇子里，穿着牛仔裤的年轻人和穿着厚实藏袍的大妈扛着大包东西往家里走去。放暑假的小孩子却还在街上玩耍，不舍得回家，见我们走过，漂亮的眼睛盯着我们，晒得黑红的小脸蛋露出腼腆的笑容。

在日屋镇的西北有一座阿玛折门雪山。我们从嘎定线左转，沿Z711线往西，翻过海拔4950米的尼拉山口后就看到了这座金字塔形的雪山。此时雪山的棱线还覆满了雪，但青色的山体已显露了大半。再往里走8公里，一个清亮的湖泊就出现在眼前。我们庆幸刚才在路旁看到了那个“宗措湖 8公里”的牌子，不然谁会想到群山间还藏着这么大的一个湖呢。

这个湖，一眼望不到边际。湖的南北两端拐入了山间，不知始终。对岸雪峰林立，如屏障般牢牢地锁住了湖的西面。雪山守护得如此严密，弄得宗措湖不像一个湖，倒像雪山的私物。此时守护者躲在弥漫的云雾之中，只看到青色山崖中残留的雪迹。湖水清澈明净，我们可以清楚地看到水底的绿草。一阵风吹来，湖水荡起波浪，一拍一拍有节奏地击打着湖岸。

这个在地图上都找不到的湖，不是游客的目标。我们三人仿佛被遗忘在秘境中，极目望去，再也看不到他人，自由得

日屋镇

宗措湖

宗措湖的那头

令人手足无措，空寂得让人心有不安。我们所处的东岸是高低起伏的山坡，毕竟是在海拔近五千米的地方，走起来并不轻松。时予放慢了脚步。而我对拐入山崖的湖水充满了好奇，便一个劲儿朝北走去。绕过一个山头，却发现这只不过是一个回水湾，湖泊还在往北走。山坡越来越陡峭，碎石也越来越多。明显看得出来，崩塌的山石在往湖里滚落。当我走到第三个回水湾时，才发现这实在是一场没有准备的徒步：手机在这儿完全失去了信号，时予和渔夫早已不见踪影，天地间就剩下我一人。而我，已经渴得嗓子冒烟。湖面每绕一个弯，都好像是最后一个弯，我是绝不甘心就此回头的。湖水那么清澈，正好拿来解渴。到河边喝水的人，其实和牛羊没啥差别。我颤颤巍巍地蹲在卵石上，拼命把头凑向水面。我的运气不错，这是个淡水湖，冰凉的水没有任何多余的味道。

不知道绕过了几个回水湾，我终于看到了湖水的尽头。那是一大片绿油油的沼泽地，湖水流到尽头变成道道小溪从草地间淌过。成群的牛羊缀在草地里悠闲地啃草。走到这儿就能明显看出来，东面的山体曾经发生过大面积的崩塌，塌落下来的山石堵塞了水道，才形成了这个湖。

那场崩塌应该是很早以前的事了，崩落下来的石头，大部分已经风化成土，肥沃了这片沼泽。但荒原上散落的巨石，见

板，跟《冈仁波齐》里一模一样。见有车来了，他停下动作，等我们过去。

开到峡谷里，我们发现路边有个小修车铺，铺子前有一大块停车坪，还栽了棵柳树。有山有水，还有风景，正好做饭。大家纷纷架炉子烧水、淘米切菜，我却啥事不干，专心守在路边等这支队伍。

等来的却是几个穿着藏袍的女人。相比那个小伙，她们干净得多，手里撑着木棍，明显没在磕长头。她们走到停车坪里坐了下来。按照我在电影里学来的磕长头知识，后面应该还跟着辆车。果真，一辆农用车开了下来，也停在了修车铺前。过了好久，两三个灰扑扑的身影才出现在路口。他们先在头顶、面前和心口各合掌一次，然后双手往前一送，人跟着笔直扑倒，接着又爬起来，再次合掌、扑倒。如此反复，直到和农用车会合，才开始午餐。

这是我们进入西藏界后的第二天，此后我们再也没在路上遇到磕长头的人。

嘎朗王宫

进了几个景点后，我们发现，西藏真正的风景都在路上。

磕长头

米堆冰川那么大名气，可景区里的观景台离冰川很远，当中还隔着一个冰湖，碰上雨季的瓢泼大雨，你得有传说中的千里眼才能透过层层白雾看到那“中国最美冰川”，更不用说沿途遍布的“夫妻树”“青稞田”给人农家乐的感觉。而就在我们住的波密扎木镇的旅馆里，推窗望去，远处就是连绵起伏的雪山，雪光隐隐约约地在林海上闪耀。林芝的八一镇外有个雅鲁藏布江大峡谷景区，游客得规规矩矩在游客中心购票进入景区，然后乘景区大巴往返，看一些诸如大渡卡遗址、门巴族民族风俗村、转几圈就走桃花运的桃花树的景观。最有看头是南迦巴瓦峰观景台，可跟车的导游小哥说：“前面就是南迦巴瓦峰，今天看不到啊。”问他啥时看得到，小哥流利地回答：“什么时候都看不到啊。”果真，观景台上人头攒动，观景台外云雾弥漫，除了告示牌上贴着的彩色照片，哪儿也找不出南迦巴瓦峰的一丝雄姿。而我们第二天从林芝去泽当，一直在雅鲁藏布江峡谷里穿行，一路上湿地鸟鸣、激流拍岸、大川平滩、沙山入江，应有尽有，让人心醉神迷。

有了这个心得，我们下定决心非要找到嘎朗王宫不可。

在波密到林芝的途中，有个嘎朗村，13世纪嘎朗王朝在这儿兴建了王宫。嘎朗王朝传承了50余代，一直延续到民国。

我们沿国道318西行，出了波密扎木镇没多久，天边就隐约

米堆冰川

透出一道七彩的弧光。“彩虹！”我兴奋地叫道。两台车迅速停下，我们站在路旁痴痴地看着天边那道弧线越来越丰满，飞架到山的那头。

有了彩虹的加持，我们更加坚定了找到这个王宫遗址的决心。地图上明明标注了位置，可我们在这段路上来来回回走了几趟，还是没找到王宫的入口。于是我们见岔路就靠边打听，还真找到了北侧的一个建筑工地。工地其实是没建好的售票亭和门廊，上书“嘎朗王宫遗址”。从门廊往山上开，一条平整的水泥路，却没有任何路标。我们在山上找到了嘎朗村和国家湿地公园，寻找王宫遗址却仍然费了我们不少工夫。明明王宫那金色屋顶就在顶上，我们绕来绕去偏偏找不到上去的路。关键时候渔夫的方向感帮了忙。原来整个村子都铺上了水泥路，唯独王宫所在的山头还是原始的土路，只稍微拓宽平整了路面。

车开到尽头是一个金碧辉煌的宫殿式大门，门上挂着的招牌写着“波密县古乡嘎朗王宫殿旅游开发有限公司”。正门紧锁，一副拒人于千里之外的模样。好在旁门没有锁死，进出没有问题。进门爬一段山路，才来到王宫正殿。说它是遗址还真是有些委屈，这儿一切都是崭新的，仿佛时间停留在王宫竣工的那一天。王宫正殿呈金字塔形，三层宫殿的八角形屋顶在

嘎朗王宫

阳光下闪着金灿灿的光。白粉的墙壁、赭红的门柱、彩绘的门窗，全都鲜艳夺目，好像下一刻，那漆得锃亮的木门里就会走出一个盛装的王爷。

正殿的左侧还有一幢三层的长方形楼房。尽管它也粉着白墙、漆着红柱、绘着彩窗，表达出“我也是宫殿”的愿望，但那方正的造型还是暴露了它宿舍的实质。走进去一看，果真是一室一厅的宿舍楼，基础的装修都已完工，不知为什么被人遗弃了。

王宫四周遍种花草，红的大丽、紫的格桑、黄的金盏、白的羽扇豆、绿的毛蕊，姹紫嫣红，好不热闹。花地里刚刚浇过水，整个庭院却不闻人声，一头黑牦牛在慢悠悠地啃食着花草，三两只黑藏猪在偷偷翻掘松土，见我们看过来，迅速摇着小尾巴从后墙的洞隙中溜走了。

王宫正殿四个方向的门紧锁着，厚实的门扇、高高的窗口完全杜绝了偷窥的可能。这宫殿油漆似乎都没干，整幢屋子占地不大，有些对不住古老王朝的丰厚历史。可就是这么寂寞、肤浅的宫殿也挡不住藏民奉献的热忱：宫殿大门的锁具上系着白色哈达，门缝里塞满了各种面值的钞票。

我们怀着复杂的心情离开嘎朗村，村子里大大小小的黑猪们摇着尾巴一路相送。

大门上的白色哈达

朗顿庄园

朗顿庄园同样也是一座寂寞的庭院，不同的是，它有着时间的印记。

我们从米林机场高速下来，进入朗县县城后，发现省道306到这儿有个分岔。路牌指示左边上坡是朗县县委。可从地图上看，朗顿庄园也在那儿。我们抱着试试看的想法左拐上坡。坡道的尽头是一扇大门，门上挂了好些招牌，有“中共朗县委员会”，有“朗县人民政府”，有“朗县人民政协”。我们继续往里走，果然有人过来拦住我们。得知我们在找朗顿庄园，门卫熟练地登记身份证、行驶证，指着前方说：“朗顿庄园就在那。”我们道谢，继续往前，听得后面几个门卫在嘀咕：“有啥好看的，啥都没有。”

朗顿庄园虽说不是啥都没有，可也真说不上有什么。院子夹在办公楼和宿舍楼当中，凹凸不平的黏土墙从水泥围墙上方露出来，依稀看得出彩绘的窗棂昔日的美丽。从一张铁门进去，左侧有个小小的庭院，庭院里立着一块石碑。据碑中记载，朗顿庄园是十三世达赖喇嘛的侄儿朗顿·贡嘎旺秋的住宅，于1934年复建。庭院里最滋润的当属草坪中间的那棵大树，枝繁叶茂的。屋子有两幢，正前方两层楼的建筑干干净净，外墙贴着瓷砖，窗子尽管模仿着藏式风格，可已经是铝合金的推拉窗。这明显后建的屋子，可能当过办公室使用，不过现在已人去楼空，门厅里还挂着以前的宣传画。右侧是一幢藏式平房，岩石外墙糊着白色黏土。白色窗棂形式很特别，斗拱和横梁上绘着粉色花卉和金盆圣果。可眼前的这座屋子早已不复往日的风采，屋檐塌落，黏土斑驳，彩绘凋零，玻璃残缺。屋子锁上了，从木门的破洞看进去，里面电线横七竖八，一地垃圾，已被遗弃很久。一院落寞，大树却不管这些，独自在小小的院子里恣意招展。

巴尔曲德寺

朗县最出名的寺庙当属巴尔曲德寺，据说，巴尔曲德在藏语中意为“一叠印经版”或“画一般的寺庙”。

我们离开雅鲁藏布江北岸的306省道，向右拐进一条山路，远远地就看到耸立山间的红墙，一层层在山腰上叠砌，“一叠印经版”之说还真不是妄言。寺庙建在山腰的堆巴村中，进了村还得绕着山往上走。“大白”充分展现了它靠谱的神技，一个油门，轰上近50° 的坡还附带一个120° 的转弯。“画一般的寺庙”正高高立在陡坡的顶端，寺前只有10米多宽的平台，平台正中立着一根经幡杆，旁边是一座熏得有些发黑的香火炉。经幡杆下面就是深深的峡谷。

整个寺庙群依山而建，错落有致，如同一座迷宫。狭窄的山梯在庙宇间穿行，时而把你带到鲜艳的殿堂前，时而把你引向粉白的后墙。我们的目光却先被正殿右侧蓝色挡板围住的一堵旧墙吸引。绕过挡板，一片坍塌的废墟出现在眼前。1984年洛桑多布吉活佛重建巴尔曲德寺，这儿应该就是被废弃了的旧寺。

半座残缺的屋宇耸立在突向雅鲁藏布江的山角上，前方就是奔腾的雅鲁藏布江和绵延的喜马拉雅山脉。当年人们沿江而过时，这座寺庙该有多么醒目。现在它只剩下半塌的土墙，屋顶已经无影无踪。土墙其实是石头和泥土垒的，时间的刀斧暂时还没有把它削成尘土。渔夫和时予说，藏族人建房用的土并不普通，特别是铺地，用的是一种叫“阿嘎”的材料。他们上次去拉萨，亲眼见证了“阿嘎”的制作。大家围成一圈，一起举起石垒高高砸向地上的碎石和泥土。他们一边有节奏地夯土，一边还吟诵着赞歌，不像做苦工，倒像在跳锅庄舞。所以，尽管这废墟已经坍塌得不成样子，但残垣的石块和黏土还很硬实，残垣内的地面也很平整。

我们三人在这废墟里游荡，想象着它曾经的辉煌。这儿有一个狭长的空间，应该是正殿大门前的走廊，那边坍塌的墙体堵塞了通道，也许是配殿的入口。废墟中心有一大块空荡荡的平地，底边正中有个隆起的台地，一人多高，非常像神座，估计这儿就是正殿所在。不知什么原因，僧侣们新建了供奉菩萨的殿堂，却没有把曾经的庙宇完全抹去，留下这断壁残垣，享受着碧蓝的天空、热烈的阳光，和下面峡谷里江水的歌唱。在风化了的墙体和裸露的阿嘎地面间，我们仿佛穿行在时间的夹缝中，悠然不知今夕何夕。

从废墟的最上层往左，我们又回到了现在。新修的殿宇依山势起伏，白墙上是红色的屋檐，仰头看去，一层层红色屋檐次第上升，这时我才理解为什么它被称为“红色寺庙”。大殿厚实的外墙上绘着鲜艳的壁画，后来多看了几家寺庙，才明白巴尔曲德寺的壁画是最醒目的。壁画占了四面墙，绘的应该是六道轮回、金刚护法、菩萨垂眉一类的故事。壁画不知使用的是什么技法，有明显的凹凸感，菩萨的兽皮颈饰那么逼真，我怀疑是真兽皮贴上去的。

研究完壁画，却见正中的大门紧锁，不得一窥究竟，只好继续沿蜿蜒的阶梯在各座殿堂间穿行。殿堂中还夹杂着民居，除了白色的经塔、横梁和斗拱精美复杂的大殿，我其实分辨不

藏在山间的巴尔曲德寺

出哪些是寺庙，哪些是民宅。巴尔曲德寺就是这样一座没有围墙的寺庙，在重重白墙间我们完全不知彼此的去向。三个人迷失在山间的迷宫里。突然，我听到上方有人在叫我的名字，是渔夫。我上去一看，别有洞天：殿宇的左侧有一片小树林，树林里还盖了一个简单的长亭。渔夫说，他刚刚打听到，每天下午3点15分开始，喇嘛们在树林里辩经。问身着红袍的年轻喇嘛，我们是否可以旁听，喇嘛笑嘻嘻地说："当然可以，可是你们听不懂啊。"这时时予也找了过来，我们三人钻进树林，等待辩经开场。

不一会儿，穿着紫红袍的僧侣三三两两地走进小树林，他们说说笑笑的，居然还有人手里提着西瓜，不知道内情的会觉得这儿要开茶话会。这些喇嘛大部分很年轻，有些看上去就是个大孩子，只有一两个胖胖的和尚带着点沧桑感，似乎是孩子们的师傅。他们在小树林里找好地方，坐的坐，站的站，拿西瓜的那位果然劈开西瓜跟其他人分享。

我们正看得有趣，突然感觉四周喧闹了起来，充满了高声的呵斥、噼里啪啦的击掌和低柔的吟诵，辩经就这么开始了。喇嘛们看似随便的站位其实是安排好了的结对。辩经就是两个人的战斗，只不过攻方和守方的姿态是固定的。进攻方叉开双腿站立，摆出攻击的姿态，每说一句话都是在吼叫，而且每吼叫一句都将右臂猛甩向前方，以一记响亮的击掌结束。防守方坐在地上，对攻方的吼叫报以喃喃的低语，一副不把对方放在眼里的样子。攻方的吼叫抑扬顿挫，韵律感十足，看似占尽了上风，守方以逸待劳，四两拨千斤地应对。我们还真看不出来，这种战斗方式到底对谁有利，也丝毫不明白怎样才算是胜利。

作为彻头彻尾的外行，实在不好意思多待。我们走出小树林，离开辩经现场。这时寺里的老喇嘛特意为我们打开了主殿的大门。主殿的空间不算大，墙上也绘着壁画，昏暗的灯光下，看不清楚内容。正中摆放着几排蒲团，左右和前方都是金光灿灿的佛像，以及大师的照片。佛像和照片下方堆放着各种面值，甚至各个国家的钞票。大殿里弥漫着浓郁的酥油味，供桌上的大酥油灯里，酥油满得几乎要溢出来。老喇嘛为我们开了门后，就坐在门口他自己的蒲团上自顾自地念经，听任我们在殿里徜徉。

后来我们又走了好几家寺庙，无一不是规模宏大、游客如织。再没有一家寺庙像巴尔曲德寺这样安详随意，阳光透过山间的小树，照着我们，也照着闲坐在台阶上的村里老太太。雅鲁藏布江在山下奔流，对面大山里依稀可见从前的寺庙。

辩经

冲康庄园

冲康庄园原先是一幢大宅，但即使在西藏，要保住一幢宅子不受岁月冲击也是一件不容易的事。冲康庄园离巴尔曲德寺只有12公里，在朗县朗镇的冲康村。冲康意为出生庄园，指的就是灵童出生的房子。冲康原名朗顿，因诞生灵童而改名。这个于1878年被八世班禅命名为土登嘉措的差巴家孩子成为了十三世达赖喇嘛，这一家差巴也一跃成为朗顿家族，朗顿村所属的朗宗随即成为家族领地。新起的朗顿家族于十三世达赖喇嘛坐床的第三年兴建冲康庄园，三年后建成一座拥有四幢三层楼房的大庄园。朗县县城里的那座朗顿庄园是这个家族的行宫。

沿省道306往山南方向前行，冲康庄园就在道路右侧。大门前是一个空旷的大坪。几级台阶上去，一块麻石碑上写着“十三世达赖喇嘛土登嘉措出生地”。背面刻着藏、汉、英三种文字的冲康庄园简介，刻痕其实不深，涂着的红漆大半都已脱落。

庄园背靠大山，前方是奔腾在峡谷里的雅鲁藏布江。走进去，是卵石铺成的草坪，草坪当中一条石板路通往有白色石墙的楼房。这也是四幢楼房中仅存的部分。底层原来作储物用，有许多黑漆漆的房间。二层是供奉佛祖和保存经书的地方，漆成鲜红的木格里至今还放着一部部锦缎装裹的贝叶经。最吸引我们的还是二十一度母殿。小小的房间沿墙摆放着21尊两尺来高的度母像，美丽的度母身上挂着价值不菲的项链，厚厚的玻璃罩也挡不住白珍珠、红珊瑚、绿松石、黑天珠的光彩，有的衣裳上还别着硕大的钻石胸针，闪耀着璀璨的光芒。三层是十三世达赖喇嘛起居地，房间里供奉着他的照片。但实际上他只在1900年重返故乡时在冲康庄园住过半个月。这个从小山村走出的差巴家孩子，这位经历了清朝、民国政权交替的藏地领袖，在剧烈的时代动荡中紧握权力，一生充斥着争权、战斗、阴谋、逃跑、妥协。他自一岁离开这个村子后，人生轨迹就与朗顿村的差巴们没有多少交集了。但这座他没住过多久的宅子，至今还在接受此地藏民的敬拜。

桑耶寺

未到山南，就已久闻桑耶寺大名。所谓久闻，是指时予一路念叨，说它是藏地的第一座佛庙，如何在藏传佛教里拥有崇高地位，赞普赤松德赞如何盛邀莲花生大师来吐蕃传法，世

冲康庄园

上第一座藏传佛教寺庙如何幻化于莲花生大师的掌中，赤松德赞又如何惊呼“桑耶”（不可思议）从而使寺庙得名桑耶。当然，桑耶寺还是人力所建，历时12年，于775年开寺。

我们从泽当去桑耶，本有一条直达的泽桑公路，不过42公里的距离，但我们选了还没完工的泽贡高速公路G349，结果因为到桑耶的出口没建好，我们不得不绕个大圈折返才进了扎囊县的桑耶镇。

这儿海拔约3600米，算不上太高，但山间一片灰褐色，雅鲁藏布江流淌过碎石河滩，才带来星点绿意。桑耶寺占地广阔，远远看去，金色殿堂在湛蓝天空下熠熠生辉，寺后的哈布山连绵起伏，在蓝色天空中画出优美的曲线。

桑耶寺的建筑布局模拟佛教的大千世界，当中的金大殿是世界中心须弥山，金大殿四周建四殿，代表四大部洲，四殿旁各建两殿，代表八小洲，金大殿两旁建两小殿，代表太阳和月亮，金大殿外四角又建红、白、绿、黑四塔降魔镇邪。这由中心向外一层层放射的结构看似复杂，但想想它就是世界的模样，也就不觉得有多复杂了。

金大殿却是真复杂。外面看上去是五层，进去才发现是三层，因为第二层和第三层外有错层的大阳台，阳光不会被宽大的屋檐遮挡，可以透过栅格窗自由地洒进大殿。三层的风格大

桑耶寺

异，各自吸收了藏、汉、印的特色。第一层回廊的壁画是著名的“西藏画史”，始于罗刹女与神猴的育人神话，终于短暂的九世达赖时代。壁画大部分已经陈旧发黑，绿色的背景变成灰蒙蒙的一片，宫殿和佛像也已褪成了褐色，一些画面已剥落，露出墙的泥土基底。壁画外侧架设着长长的一串转经筒，路过的人们对灰暗的壁画视而不见。

第三层倒是鲜艳夺目，因为是后来重建的。木制斗拱五彩分明，栅格窗还是鲜明的原木色。从第三层的栅格窗看出去，四塔就在眼前，由东南角逆时针转一圈，依次可见白色的石塔、绿色的琉璃砖塔、黑色的条砖塔和红色的砖石塔，更远处，依次是蓝琉璃色、红玛瑙色、黄金色和白水晶色的四殿。

殿内供奉的佛、菩萨和大师，有石雕像，有铜塑像，有木雕像，有壁画像。有一些塑像高高在上，却头蒙红布，问寺内的僧人，才知是因为面目狰狞，怕惊吓游客。还有小殿的门前贴着“女士勿入”的英文告示，我和时予乖乖止步于门帘。据有资格进去的渔夫讲，里面光线幽暗，供着两三尊菩萨，的确面目凶恶，其中一尊头蒙着红布。后来我们在扎什伦布寺里同样见到头蒙红布的神像和密闭的殿室。高高耸立在珠峰一侧的绒布寺，也在黑漆漆的过道里开了一扇半人高的门，门缝里透出昏暗的灯光和隐约的鼓声，僧人再和善，也不许我们走近做法事的密室。

面色黝黑的藏民在酥油灯前加酥油，在神像和喇嘛前放钞票。有老人垂头轻抚着佛像的基座喃喃自语，久久不愿离去。我们以为是游客的人，在拥入大殿后，“唰”地一下全都就地坐下，开始在佛像前诵经。

我有些受不了殿内浓郁的酥油味，走到大门口透透气。门口的回廊里摆着一张长条桌，桌上一个大铝盘里装满了小包饼干、糖果和捏好的糌粑团。大门的里侧地面铺着被褥，褥子上有个男人不停地拜下起身再拜下，在磕长头。旁边的女人盘坐着，用碗底的瓷胎圈足把青稞粒磨成粉，盘里的糌粑团就是她捏好的。夫妻俩见我望着他们，不停地用手示意我。路过的人纷纷从盘里拿饼干和糌粑吃，我才明白他俩的意思。也许做食物让大家吃跟磕长头一样，是他们修的功德？磕长头和磨制糌粑都是考验体力和耐力的活儿，两口子一身尘土，脸上却带着谦卑而幸福的微笑。我看着他们，心里莫名地感动。

我们也有我们的修行。时予对一切远离现代文明的事儿都如痴如醉，见地图上跳出个“青朴修行地”，非要去看看。也对，桑耶寺的缔造者们，如莲花生大师、赞普赤松德赞都在这儿修行过，不去一趟有些对不住桑耶寺。从地图上看，青朴修行地在桑耶寺东北，只有1.8公里的距离。可我们驾着大白，开

在桑耶寺修炼的人

出寺前的水泥路，开进沙石地，又开上田埂路，甚至爬上了半山腰的建筑工地，找了一个多小时都没碰到青朴修行地的边。据说它在纳瑞山腰，面对雅鲁藏布江河谷，这一带山地荒凉，唯有青朴所在的山谷草木葱茏。可我们在河谷里转了好几圈，满目砂土，看不到山间哪处有勃发的生机。时予说，这是没缘分，不要强求了。我们掉头东去，那个传说中鲜花盛开的地方，那个多少个大师留下数不清的修行洞、埋下数不清的经卷的地方，我们无福得见。

从聂赤赞普到松赞干布

藏族神话传说，魔女与神猴在泽当的贡布日山结合，生下了6只小猴，这6只小猴繁衍的后代就是藏族人。泽当不单是藏族的发祥地，也是吐蕃最早建立王权的地方，所以这儿遍布缥缈的传说和确凿的遗迹。

位于泽当镇南11公里的扎西次日山上的雍布拉康相传是西藏历史上第一座宫殿，是吐蕃第一代赞普聂赤赞普所建。一般认为，在第33代赞普松赞干布之前，藏地并没有真正的王朝，所谓第一代赞普，来源于苯教典籍和后世的追述，聂赤赞普很有可能是当时吐蕃部落的首领。那座雍布拉康最早也许是部落为他修建的宫殿。

吐蕃是在松赞干布时才真正统一成为王国的。这位任上大有作为的藏王，其实只活了34岁，倒是他千辛万苦求来的文成公主，在陪伴了他8年后，又独自在西藏生活了30年。松赞干布统一吐蕃后，将王都从琼都迁到逻些（今拉萨）。虽然他为了摆脱旧贵族的干扰而转身向北拥抱更为广阔的吉曲河谷，但他也不敢丢下山南。他将泽当的住地雍布拉康改为寺庙，文成公主入藏后，雍布拉康就成了她消暑的地方。

我们出泽当镇，向南行驶20多分钟，就看到左边的陡崖上高高耸立着一幢白色宫殿。从山脚下看去，雍布拉康就是山峰的收梢，白墙沿山道一路攀爬，在山间拖出一个个“之”字，直抵山顶，没入宫殿的围墙，然后笔直上升，束入碉楼的四角攒尖金顶中。这幢碉楼是雍布拉康外观最特别的地方，据说这部分就是聂赤赞普的宫殿，金顶是五世达赖所加。当然，现今所有高高耸立在山顶的建筑物都是复建的，原楼已经损毁。眼下，碉楼外正围着脚手架。问牵马的藏民，说是雍布拉康在维修，寺庙不开放，游客只能在寺庙外走山道绕圈。藏民推荐他的马，可惜我们三人都不感兴趣。旁边一个湖南口音的人对他带来的朋友说：“去看西藏第一块田吧。”

我们马上跟住这个在西藏工作了多年的湖南老乡，沿着公路往东南方走了百多米，拐进左边的野地里。荒草蔓生到这儿出现一片整齐的苍黄色植物，当中立着一块碑。尽管碑上系着白色哈达，但对于公路上的人来说，这碑一点也不起眼，碑文上写着，这儿是西藏第一块国王御用田。公元前2世纪，雅砻部落遇到一个语言不通的外乡人，因他手指天上，以为他从天上来，便拥他为王，取名“聂赤赞普”。位于雍布拉康南侧的这块农田便是为供奉他而专门开垦的。

现在这田里种的是青稞。青稞已经成熟，尖锐的芒针一碰就断，整株都已变黄，部分染上了黑斑，好些已倒伏。据那老乡说，原来这片田还有人收割，后来开发旅游，就只管种不管收了。从青稞田里回头看，雍布拉康那碉楼的金顶挺立在高高的山顶。据说，文成公主住在雍布拉康时，也会来这块田耕种。不知她当年种的是否也是青稞？

文成公主，这个在史书里出身不详、名字缺失的唐朝宗室女，因缘际会，在西藏处处留下独特的印记。她固然背倚强大的唐朝，但她坚韧的生命力也是她能创造历史的重要原因。从雍布拉康往北走7公里的昌珠寺，是松赞干布时期修建的第一批佛寺之一，文成公主后期长居于此。传说，文成公主用五行算法算出罗刹女的一臂在贡布日山西南，此处有湖，湖中有妖

从“第一块田”看雍布拉康

龙。松赞干布在此处修法，令大鹏鸟降服妖龙。湖水干涸，遂建昌珠寺镇妖。

昌珠镇的广场中立着一尊巨大的文成公主像，为汉白玉雕成。文成公主身着交领右衽汉服，外披半袖，发束高髻，一副汉族妇女装扮。对面的昌珠寺占地不小，寺前广场还围上了路障，防止游客乱入。

像所有的藏传寺庙一样，昌珠寺厚墙窄窗，大门并不堂皇，门口挂着黑底白纹的吉祥八宝帘布。进门是一个回廊围成的小庭院，出了庭院才是主寺。主寺的外墙是外转经回廊，明黄色的墙面在阳光下鲜艳夺目。墙上每隔一段凿有一个小神龛，里面供奉着描金的莲座菩萨壁画，有的神龛里倒伏着两只金属小碗。我们在八一镇的藏民小店里看到过这种铜碗，店主告诉我们，这叫隆瑟，一套七只，是专门用来敬神的。

主寺的大门进去，内侧是内转经回廊，分布着十二座拉康（神殿）。十二拉康中最让我们印象深刻的是供奉着松赞干布的曲吉拉康，松赞干布坐在正中，左边是尺尊公主，右边是文成公主。神像两侧的壁画同样也是尺尊公主和文成公主。传说中尺尊公主死于649年，相隔不久，正处于生命力顶峰的松赞干布去世，给哀婉缠绵的爱情故事留下了很多创作空间。

昌珠寺出名的地方还在于它拥有镇寺之宝——珍珠唐卡

“观音菩萨憩室图”、“莲花生本尊像”、“缂丝释迦牟尼唐卡”。珍珠唐卡和缂丝唐卡就藏在大殿第二层最里面的一个房间里。房间不大，宝贝们被玻璃封在房间的右侧，里面光线暗淡，眼睛贴上玻璃都不一定看得清楚。最出名的那件珍珠唐卡缝制在一块2米长、1.2米宽的红缎上，珍珠串绣的观音菩萨左腿曲盘，右腿下垂，坐于莲座上，身戴红珊瑚吊坠，头冠镶着绿松石。它其实是元末明初时乃东王后的宝贝，辗转成为昌珠寺藏品。600多年的岁月风霜使鲜红褪成了暗红，让珠光渐渐黯淡，唯菩萨清澈的眼神、嘴角含着的淡淡笑意还在温暖每一个经过的凡人。珍珠唐卡旁边的缂丝释迦牟尼唐卡中，释迦牟尼结跏趺坐在莲座上。这是明代的织品，色彩不复鲜艳，但仍能看出那不同寻常的缂丝技艺。玻璃屏里还挂着一幅刺绣释迦牟尼唐卡，据称是文成公主亲手所绣，同样也染上了时间的灰痕。如果真是文成公主所绣，该有1300多年的历史了。房间的左侧开了窗，身着红袍的喇嘛盘坐在窗前，伴着酥油的气息喃喃念经。

从昌珠镇转上泽鱼线，向西南方行驶24公里，就来到了藏王墓。琼结县城就在它的北方。这儿离雅鲁藏布江更远了，山色却青翠了许多。浅浅的雅隆河在宽阔的山谷里流淌，给山间染上一层层苍绿、翠绿、草绿、金黄和赭红。显见得这是个好地方，赞普们把这儿当成最后的归宿实在是太有道理了。据《贤者喜宴》和《西藏王统记》等史书记载，东嘎沟口和穆日山下的藏王墓群有几十座陵寝。而考古发现，这一带西南部有13座墓葬，东北部有9座，下水乡香达村有1座，一共23座，其中17座已确认墓主身份。

松赞干布墓就在墓葬群的最西边。这是一个不太高的小山丘，高高筑起的封土表明这不是一座自然形成的山。沿着黄墙红顶的山道曲折往上，爬几分钟阶梯就能到山顶。顶上面积并不大，正中有一座黄墙红顶的小寺。寺前的石上闲坐着一个藏族老汉。他直直地凝望着前方的山丘，对于我们的搭讪置若罔闻。这时一个红衣喇嘛从寺门钻出来，原来这才是收费的管理员。据喇嘛说，这下面就是松赞干布的陵墓，墓室顶上原先有松赞干布的祭祠，后来祭祠损毁了，现在这座佛寺是修复的，里面供奉的是松赞干布。

我们钻进了低窄的寺门。门内是一个小小的院子，几盆鲜艳的大丽花让这破败的小院有了几许生机。里面的主殿也很紧凑，刚刚够放上三尊神像。当中最大的神像大眼高鼻，唇上微须，毫无疑问是松赞干布。左右两侧的神像略小，有着一模一样的面孔，左为尺尊公主，右为文成公主。史称，文成公主于

680年去世后，与松赞干布合葬在这下面。

小寺外尚有大片空地，绕寺一周，琼结县的地貌一览无余。东边远处的山间有明显的封土，显见就是那23座墓葬的一部分。近处有一个土丘，零零散散地长着灌木和小树，不仔细看，会觉得这是一座小山。但寻常小山哪会有这么平整的山顶，果然，寺门里墙上的介绍说它是芒松芒赞的陵墓。还有几座小丘散落在前方谷地里，也许后任的赞普们都希求能借松赞干布的灵力庇佑吐蕃吧。更远的东北方，还依次分布着好几座古墓，墓主有松赞干布之前的雅砻部落首领，有松赞干布的儿子贡日贡赞，也有消失在历史尘埃里的无名氏。

我们沿着黄墙红顶的山道下去，渔夫的头和时予的帽子不时从红顶上冒出来。那藏族老汉还坐在寺前的石上，直直地望着远方。

扎什伦布寺

能看到扎什伦布寺是个意外。

我们去日喀则是为了去定日，去定日是为了去珠峰大本营，所以我们的目标是珠峰，不是寺庙。拉萨太远，浪卡子县太偏，日喀则是泽当和定日之间最合适的夜宿地。而且，渔夫和时予去过扎什伦布寺，并不想再去一次。我不能因为自己的好奇心影响团队。

但世事就是这么奇妙，我们把自己送到了扎什伦布寺脚下。

那天，我们离开雅鲁藏布江，南下穿过羊卓雍错，又攀上卡若拉冰川，再下到巨大的满拉水库，一路经过峡谷平川、高山碧湖、冷冽冰川、轰鸣水坝，开上日亚公路时，我不由得松了口气：一条笔直、平坦、宽敞的柏油路，这么规则、无趣的现代化才是我习惯的人生。所以，当我们开到夜宿地却发现扎什伦布寺那高高的展佛台就在我们头顶时，我再次被震撼了。这就是西藏，转过头就能碰到人生之最。

我们住的这家酒店在扎什伦布寺的东面。门脸极不起眼，夹在沿街小门面中，稍不留心就会错过。里面却是一个极大的院子，几个小花园穿插在四合院结构的房间周围，院子后有大门通往扎什伦布寺的山顶。我猜测，这酒店或许原本是寺庙的一部分。夜晚，我们穿过四合院的中庭，抬头看去，星星在轻薄的雨云中若隐若现。

都住到它脚下了，我们自然不能过门不入。第二天是个阴雨天，雨点噼噼啪啪地打在伞上，把伞外的世界变成了烟雨朦胧的江南早春。雨水在排水不畅的街上摊成一汪一汪的水坑，我们一边稳着伞一边小心翼翼地避开水坑。在酒店的四合院里看着寺庙就在近旁，真要进寺还得出门穿过大街上一长排商铺，来到寺南的正门才行。清晨的阴雨让寒气扎入衣缝里，满大街酥油和香烛燃烧的烟火味被雨雾压得直钻入鼻孔。

扎什伦布寺是我见过的最壮观的藏传佛教寺庙，庞大的庙宇群在尼色日山脚下梯次展开，仿佛大山是它最后一幢大殿。站在南门的大广场中，只见重重红色屋檐在白墙映衬下一阶阶向山上攀缘，不时有金色的殿顶突立出来，打破红白的节奏。东边紧靠尼色日山的位置耸立着一堵巨大的白墙，那正是独一无二的扎什伦布寺展佛台。白色宫墙从东边山脚爬上来，绕过展佛台，向西边逶迤而去，画出一道漫长的曲线。

扎什伦布寺占地15万平方米，庙宇房间数不胜数。这是个巨大的山间迷宫，殿堂沿山势起伏，坡道绕着殿堂蜿蜒向上。雨水在坡道上肆意流淌，寒风在夹缝中乱窜。穿着五颜六色外套的游客围着举旗子的导游一伙一伙地向前拥，边走边比较着角度拍照；穿藏袍的信徒三三两两，皆一手持酥油桶，一手握钞票，在每个沾上佛香的地方磕头跪拜。

扎什伦布寺是一座古老的寺庙，1447年就开始建造了。创建者宗喀巴的弟子根敦珠巴是它的第一任住持，释迦牟尼殿、措钦大殿、度母殿、展佛台就是那时修建的。根敦珠巴被后世

扎什伦布寺的喇嘛

追溯为一世达赖喇嘛。1600年，四世班禅大师罗桑曲结坚赞接任住持，将扎什伦布寺进行了大规模扩建。自他开始，扎什伦布寺成为历任班禅的驻锡之地。历代班禅在寺里的灵塔大多被毁，20世纪八九十年代，又修建了扎西南捷和释颂南捷以供奉班禅灵塔。所以现在的扎什伦布寺殿堂，从明朝的砖木岩石到当代的钢筋水泥框架，跨越五六百年，各自相安地供奉着神灵。无论哪个年代，庙宇都有鲜艳的外墙、完整的窗户、干净的帘幕，和忧郁的阴雨也阻挡不住的耀眼金顶。500年间修建的僧舍穿插在殿堂的红墙中，石墙新漆了白色，盖住了时间的伤痕，梯形窗套的黑框在白墙上凿出一个个炯炯有神的眼睛。窗台上摆放着喇嘛种的花，一支蔓珠沙华探出窗，往外伸展它那血红的细长花蕊。

僧舍上方有一座恢宏的红色殿堂，这是九世班禅主持修建的强巴佛殿。藏族把弥勒佛称为“强巴佛”。殿内供奉的弥勒佛像是世上最大的铜塑佛像，有26.2米高，莲座有3.8米，动用了23万余公斤铜，279斤黄金，以及大量的猫眼石、绿松石、珊瑚、珍珠。为安放这座巨大的铜像，殿堂修了7层楼高，都是用石块一层层垒砌上去的。人们要拜佛，必须爬上狭窄的石梯，进入大殿的中庭，然后再攀上陡峭的木梯进入佛堂的前廊。来拜佛的藏族老人无论行走多么颤颤巍巍，都一定要爬上来。有些老太太甚至是由子女和守门的喇嘛一块儿拽上来的。一对母女爬上来，母亲小心翼翼地放下手提的酥油桶，然后在毡毯上伏拜下去，久久不愿起来，稚嫩的女儿则迅速磕完三个头，钻进了殿门。

扎什伦布寺最现代的建筑是为班禅修的灵塔殿。释颂南捷是为十世班禅修建的肉身天降塔殿，修建于1990年至1993年。十世班禅的灵塔被金皮包裹，上面镶嵌了无数珠宝，塔内珍藏的宝贝更多。三楼供奉的银制时轮立体坛城也是工艺精湛的杰作，边长大约2米的正方形底座上层层堆砌精雕细琢的楼台、草木、佛像。据说释颂南捷是国家投资最多的灵塔殿。扎什南捷是为五世到九世班禅修的合葬灵塔殿。五世到九世班禅的灵塔被毁，改革开放后，十世班禅推动了灵塔的修复。因为肉身已无法修复，只好将五世到九世班禅合葬一塔。1989年十世班禅为灵塔殿举行开光仪式时，扎什南捷其实并未完工。这是十世班禅做的最后一件大事，6天后，十世班禅在扎什伦布寺圆寂。至今扎什南捷都是未完成状态：大殿四周的壁画中佛像只有金线轮廓，没有其他细节。

夹在两座现代灵塔殿中间的是曲康吉，这同样也是灵塔殿，供奉的正是那位大大扩建了扎什伦布寺并把寺庙变成班禅驻锡地的四世班禅。四世班禅是一个伟大的人物：知识渊博，是四世达赖和五世达赖的老师；精通医学，自他以后，藏医成为班禅的必修课程；政治能力高超，身处混乱时代，被噶举派的噶玛王国打击，却最终让格鲁派在西藏占据了统治地位；寿命长，95岁高龄才在扎什伦布寺圆寂。曲康吉是扎什伦布寺第一座灵塔殿，建于1666年，灵塔用黄金、白银和铜制成，上面镶嵌珠宝7000多颗。

扎什伦布寺最古老的建筑是东边靠山的措钦大殿，也称为大经堂。与其他大殿不同，它当中围起一个极大的讲经场，是班禅大师讲经或喇嘛们辩经的地方，据说全殿能容纳2000人讲经。殿内供奉的菩萨像姿态各异，有石雕，有壁画，有塑像。大佛堂正中供奉的弥勒佛像高11米，是造像艺术的杰作。右侧的度母殿里装饰用的片岩，据说来自喜马拉雅山脉。

走出措钦大殿，一面巨大的白墙就耸立在眼前。这是扎什伦布寺独有的展佛台，是建寺时第一批建筑之一。根敦珠巴为了纪念释迦牟尼的出生、成佛、涅槃而建。每年藏历五月十五日，扎什伦布寺都要举行展佛节，将代表过去、现在和将来的无量光佛、释迦牟尼佛、强巴佛三幅佛像展挂在展佛台的南面白壁上。到面前才知道，它并不只是一堵白墙，宽阔的白壁上四纵五横开了20个窗口，不过它的形状有些特别，南北面有三四十米宽，东西面只有三四米宽。今年的展佛节在6月已经举行，我们来晚了，无福得见佛祖宝像庄严、信众伏地相拜的盛大场景。空荡荡的白壁静静地矗立在那儿，没有盛典的日子它一样威严。这时，雨已经停了，阳光穿过水雾，寺院的金顶反射出道道金光。尼色日山下的日喀则仿佛蒙上了一层金纱，灰色的房屋、灰暗的人群顿时鲜明起来，迸射出无穷的活力。展佛台后一条转经山路迤逦而上，阳光照在金色的经筒上，给山坡画出一条灿烂的折线。

我们却不再探访山路，告别展佛台向山下走去。中午的太阳照在我们身上，照得我们浑身暖洋洋的，早晨的阴冷消散得无影无踪。坡道两侧有白墙黑窗的房子，看上去像是僧侣的住宅或课室。房屋大门紧闭，连当街的窗户都蒙上了布帘，黑漆木门的铜环沉默地挂在门中。坡道上的水渍已经半干，一只小白哈巴狗欢快地迈着小短腿追赶前面漫步的红衣喇嘛。突然，左侧的房屋后面传来男声整齐的吟诵，听声音人数还不少。我们推开围墙上虚掩的门，里面是一个野生的小树林，粉的白的鲜花胡乱地开着。我们循声往里走，却被一道围墙阻挡，围墙那头伸出一个蓝铁皮大棚，齐声吟诵就是来自那儿。那里有一个秘密的世界，不对我们开放。

我们走出扎什伦布寺大门，门外呈八字排列的酥油摊上，原先高高垒起的酥油桶已经下去一大半。藏民还在源源不断地涌入寺院，人人手中都提着一桶酥油，此等场景汉地的寺庙在节日里也有，只是人们手里拿着的是香烛。人生多艰，不管是酥油还是香烛，他们祈求神灵庇护的心愿是一样的吧。

雪顿节的罗布林卡

我看着眼前的标致女孩，杨柳般细长的身子立在石阶下，头微微低着，高挺的鼻梁为她的侧脸画出一道漂亮的折线。她的脸尚未领教高原阳光的残酷，淡金色的皮肤更容易凸显黑睫毛上翘的弧度。她一头浓密的黑发扎成马尾，乌压压地垂在颈后，小米珠串成的耳坠随着她身子晃动而轻轻摆荡，那身织锦长袍也荡出碎波。将织锦用于藏服的传统应该来源于文成公主，她入藏时带了大批工匠，桑蚕养殖和绸缎织锦的技术就是那时进入西藏的。女孩秋香色的长袍在阳光下闪烁着丝绸的柔光，金黄的团花好像要挣脱绸缎的束缚，飞到阳光下舒展身子。女孩把绸带细细地束在腰间，让自己显得更加高挑。她似乎意识到了我的注视，不安地侧过身子，留给我一个秋香色的背影。不一会儿，她的家人从佛堂出来，她便跟了上去，头高高仰着，看那一路的绿树。

罗布林卡里面，几乎所有人都穿着传统藏服，那女孩穿的应该是少女的服饰，是一身织锦长袍。她家的长辈都在织锦袍上系一条彩条围裙。这就是大名鼎鼎的“邦单”，是藏族女服中最明显的标志。罗布林卡里的邦单五彩缤纷，大部分是丝绸的。毕竟这是雪顿节，是西藏一年中最温暖的日子。

在酒店开礼品店的成都老板告诉我，雪顿节是西藏一年中最热闹的日子。春天和暖的风让万物复苏，大自然所有的生命都在阳光下开始生长。如果这时出门，难免会踩坏小草、碾压小虫，所以喇嘛们不得出门，要关在寺庙里静修。经过一春的滋润，草也长结实了，虫也找到了新家，这时就轮到人类享受阳光了。既然已经错过春天，那更得扎扎实实地在野外狂欢几日，找个地方，坐下来，喝酸奶，吃牛肉，晒太阳，细细品味大自然的恩赐。这就是雪顿节。

怪不得，我们进拉萨这一路，没少碰见铺着毯子聚餐的人们。我们以为是郊游，原来是在过节。小车飞驰，一下子就掠过了那些河边的聚会，我们其实根本没看出节日的意思。

老板还说，雪顿节就是藏戏节，罗布林卡有藏戏会演，建议我们去看看。

我在西藏博物馆门口下了车，对面的罗布林卡车水马龙。盛装的人们扛着铺毯、提着保温瓶、大茶壶，不断往罗布林卡拥去。罗布林卡门前搭了个安检口，警察指挥过往车辆绕道，

罗布林卡的盛装

引导人流进入安检口。

西藏博物馆门前贴着告示：2016年起闭馆维修。我转身汇入了盛装的人流。这是一个只认衣裳不认人的节日。盛装的人免费进入，穿成我这样的必须买票。雪顿节，罗布林卡对所有藏族人免费开放。罗布林卡里到处都是雪顿节的安全告示，广播在反复提醒，不要搭帐篷，不要租帐篷，不要上当。今年罗布林卡里唯一的帐篷就是藏戏会演的大舞台。

这个白色大帐篷周围已经围满了观众，帐篷里交替传出喧天的锣鼓声和高亢的人声。从8月11日到17日，这儿每天上演一场藏戏，每天的演出团队不同，剧目也不同。今天由日喀则市白朗县嘎东藏戏队演出《曲杰诺桑》。其他剧目，如《扎西雪巴》《朗萨雯波》《特巴丹巴》《智美更登》《白玛雯巴》，据说也都是藏戏的经典之作。《曲杰诺桑》在16日还会有山南市贡嘎县朗杰学乡岗则藏戏队再演一次，真是名副其实的同台竞技啊。

大帐篷就是一个人字形的大顶，四周再无遮拦。白色的顶布上饰着卷云纹和吉祥结，吉祥结还做了镂空，透过方孔可以看到绿树婆娑。顶棚下悬着的一条横幅上写着“第五届全区藏戏汇演”。帐篷没有围挡，人群却成了围挡。我站在重重叠叠的藏袍外面，在各种帽子间寻找缝隙，急切地想融入场内的热闹。

场中用栅栏围出了一个长方形的舞台，舞台边摆着一排座位，舞台正中立着一根用树枝和哈达装饰的柱子，上面还挂着一幅佛像，柱前站着一个身着金黄色长袍、头戴红帽的中年男子，那拖得长长的高亢声调就是他发出来的。他的唱腔不太像歌咏，更像吟诵，腔调确实称不上优美，粗粝得仿佛高原上一阵狂风呼啸而来。这就是整个藏戏的核心人物——戏师。当他停下时，鼓钹赶紧跟上，一阵抢一阵地轰出最强音。这时，舞台边沿围成一圈的演员挥舞着长袖跑圈，嘴里还发出一声高过一声的长啸。他们穿着华丽的锦袍， 头戴硕大的面具，长长的袖子飘过时，有一种奇特的美。面具分红色和黑色两种，红色的是一张人脸形状，黑色的有着金色的头冠和长长的胡须，脸部还绘着彩纹。照我看来，黑色面目更具有震撼力，但显然红色面具才是主角，一个戴红色面具的人不停地跳到场中来呼应柱子前的戏师，做出一些俯拜、呼喊、战斗的动作。鼓钹和演员的唱和、跳跃互相呼应，把场内的气氛推到了高潮。越来越多的人被这热烈的声浪召唤来，刚刚还在外围的我已经被裹在了人群中。这时，好像剧情发展到了一个新环节，鼓钹声和唱和声停止了，中央的戏师清清嗓子开始唱下一段，那高亢、嘶哑的腔调带领剧情向下走。舞台边沿那群衣裳华丽的演员中也有两个没戴面具的人，穿着女人的衣裙和邦单，脸却和戏师一样没有化装。那都是被高原阳光淬炼过的脸，沟壑密布，颜色深沉，如果不是站在舞台上，他们跟身边看戏的人没有什么区别。

帐篷里鼓钹铿锵，大家全都目不转睛，压根没注意到帐篷外有电视台在做节目。摄影机对着一个眉目清秀的小男生主持人，小男生手持话筒用标准的普通话说了几句开场白，马上转向身边戴眼镜的中年男子，他们谈的话题正是藏戏汇演。帐篷里，来自田野的乡民戴上吓人的面具，重复着古老的传统；帐篷外，城市培育的新生代却完全在现代技术的框架内谈论传统。这不就是今天的拉萨吗？从来没有一座城市像它那样迷恋传统而又摒弃过去。

过节的人们却不管这些，那些穿着大领长袍的男人和艳丽邦单的女人匆匆赶来挤进帐篷，没有几个会停步看电视台做节目。更多的人则扛着卷起的铺毯，提着小桌子和保温壶，四处寻找围坐的地方。整个罗布林卡，只要有草坪的地方，全是一堆一堆的人。他们铺上地毯，架起小桌，摆上一盆盆的熟牛肉和糌粑，把保温瓶里的酸奶或酥油茶倒进描金的小碗，坐下来慢慢品尝。有的刚来，好不容易占了个地方，正在仔细铺设；有的吃得正欢，女主人抓起盆里的牛肉，一小块一小块切下来递给家人；来得早的已经酒足饭饱，大人躺在毯子上打盹，小孩子拿着各式各样的玩具，在草地上疯跑。正午的太阳透过树枝照射下来，光影在人们身上跳动，像温暖的手轻轻抚过，彻底抹去冬天残留的寒意。

大树和花朵是罗布林卡最不缺的东西。在罗布林卡里，道路两侧都是参天大树，殿堂墙壁下、庭院绿地中开满了姹紫嫣红的鲜花。

格桑颇章是罗布林卡最早的宫殿之一。就是从这座颇章开始，罗布林卡成为达赖喇嘛的夏季办公之地。事实上，整个罗布林卡的历史是由七世达赖开启。罗布林卡原来是一片荒野，拉萨河的古道留下众多水泽，自然风光非常宜人。七世达赖夏季常来此地养病，驻藏大臣便为他修建了罗布林卡的第一座建筑乌尧颇章。之后七世达赖又兴建了这座以他自己的名字命名的宫殿。现在，这座三层楼的黄墙藏式建筑里仍然供奉着七世达赖的宝座，身着节日盛装的藏民们络绎不绝地向宝座献上礼金和酥油。宝座所在的房间并不大，朝拜的人又多，使得殿内显得颇为拥挤。

金色颇章还真有一个金色屋檐，不过它只是藏文发音近似“金色（chensel）”，其实意为“受宠者宫殿”，得名于宫殿的修建者。这座宫殿是为十三世达赖喇嘛修建的，修建者是他的亲信，人称“金色工比拉”。金色颇章占地广阔，不大的院门内是一条长长的步道。步道两侧绿树成荫，花团锦簇，到殿前更是扩大成为一个大坪。

格桑德吉颇章是一幢精致的两层小楼，是十三世达赖的金银库和贵宾厅。宫殿正面一楼并没有门，一架狭窄、陡峭的楼梯将来客直接引入二楼。不知当年的贵宾如何爬上去的，今天的游客爬起来几乎是一步一歇。这样也拦不住驼背老太和白发老翁在这架拥挤的楼梯艰难地上下。穿织锦长袍的标致女孩就站在小楼的花坛前，无聊地晃着身子，等着她年迈的长辈从楼梯上慢慢爬下来。

达旦明久颇章差不多是罗布林卡最新的建筑物，建于1954年，是一幢集寺庙、宫殿和别墅于一体的建筑物，外形恢宏、大气，内部装饰也极尽工艺之美感。这儿的游客最多，宫殿正门人头攒动。一个穿着砖红色纱袖藏袍的藏族姑娘在门口的花坛前用手机比画了好久，见我盯着她看，跑过来腼腆地问我能不能帮她拍个照。阳光下，喷泉向天空喷洒出一串串水珠，眼前的姑娘展开明媚的笑容，身旁的花朵探出粉红、嫩黄、娇紫的脸庞。她的身后，是宫殿金色的屋顶和绛红的檐墙。热烈的色彩和热闹的人群，让这儿充满了人间烟火。

罗布林卡最令我惊奇的是动物园。一个36公顷的园子，大树成荫，繁花似锦，宫殿林立不算，还划出一块地方养珍禽异兽，放在今天可算是一个少见的安排。七世达赖时期，罗布林卡就开始饲养动物，以鸟为主，还有少量的鹿、熊、虎和大象。现在，这个动物园的面积已经扩大了100倍，是西藏高原生物研究所珍稀野生动物研究与保护基地。

动物园的大门，跟所有的藏式院落一样，不大。一踏进去，一股熟悉的味道扑面而来。小时候，每到春暖花开，长沙好不容易不下雨的日子，爸妈总要带我出门踏青，动物园是必去的一站。进门没多远，就是草食动物馆。我最喜欢扯下身边的嫩枝条，伸进铁栏杆喂给里面骨瘦如柴的羊吃。那些羊飞快地跑来啃我手中的枝条，没有啃到的用湿漉漉的大眼睛盯着我，不停地咩咩叫。

眼前这个动物园几乎把我带回了童年时代。我小时候常去的那家动物园已经迁到了城外，草食动物也不再圈在栏杆里，而是放养在园林里。游客驾着车，如同穿梭在非洲大草原，羊们鹿们在车旁悠闲地啃草。罗布林卡的动物没有那个待遇。高高的白色围墙圈成一块块的空地，对着游客的这一面用拇指粗的螺纹钢架起密密的栅栏，当中孤零零地摆着一个硕大的麻石食槽。这食槽看上去有些年头了。头顶着漂亮鹿角的梅花鹿立在一旁，静默地思考。这动物园虽不大，动物却不少：豪猪们在空地里游荡，小心翼翼地躲开同伴的尖刺；藏獒双腿交叉趴在地上，乖巧得像宠物狗；灰狼把黝黑的鼻尖伸出铁栏杆，一脸的忧伤，好像在伤心自己的牙被拔去做了吊坠；三头黑熊把庞大的身躯全扑在麻石槽上，似乎是在守卫食物；小熊猫不安地在院子里转来转去，一刻也不停歇；猴子最幸福，有一整座假山给它们上下窜腾。罗布林卡最早的动物居民——鸟，现在全圈在一个个的大铁笼子里，它们扑棱着五颜六色的翅膀，发出啾啾的鸣叫。也许是笼子的铁丝网太密集，孩子们看不出小鸟的美丽，他们不肯待在鸟笼子旁，一个劲儿拖着家长去儿童乐园玩小火车。他们一路奔跑，把闪亮的丝袍甩出一道道波浪，快活的叫声在林间回荡。

如果罗布林卡有心，这也许是它最享受的时光吧。

瑞士军刀

瑞士军刀其实有负于名字的威风，跟军队的沙场驰骋、铮铮铁骨毫无关系，是一种居家旅行必备、男女老少皆宜的全能小工具。我觉得每个人都该在车里放一把瑞士军刀以备不时之需，就像我觉得每支出行的队伍里都必须有渔夫这种人。

渔夫是那种凡需动手的事他都会，他要在场你甭想多花钱的人。有次我要换热水器，被他知道了，不让我到大商场买名牌货，非拖着我去一个背街小门面买四川的一个小牌子，说是军工企业转型做热水器的，很扎实。我装上这个牌子的热水器后，也扎扎实实叫了几次维修服务，不像他说的那样扎实。奇怪的是，自来水增容后，我要换更大容量的，居然还是想买这个牌子。更奇怪的是，看上去没什么名气的前军工厂居然还能立马给我送货安装。这就是渔夫对事物的把握。

所以，我们要开车去西藏，渔夫是当之无愧的最佳队友。他加入了，就意味着我们不用想事了。我说我没有长羽绒服，他竟然带上了他夫人的羽绒服。

所以他在长城H9顶上高高架起行李箱时，我们一点也不意外。一路上，无数次见他攀上车踏板，一手奋力揪着车门一手在箱里掏东西。这箱子就是放大版的瑞士军刀。当然，这个箱子也带来不少麻烦，得时时当心它卡在限高杆上。有时候多亏先行者早把限高杆顶出了微小的空间，让箱子可以擦着边蹭过去。

渔夫的驾驶功底也是有目共睹的。从长沙走国道318入藏，第一天一般会选择重庆落脚。我们也不例外，只是稍微偏了一点，在重庆武隆的仙女山。我猜做路线的时予被仙女山这三个字给骗了，想绕开重庆的人浪，却没想到重庆的人浪到了仙女山的弯弯角角。当我们开上仙女山时，正是晚饭后人们出来散步的时间。狭窄的山路上，老头老太太围着摊贩讨价还价，五颜六色的阿姨们跟所有色彩鲜艳的物体合影，短裤短裙的年轻夫妻努力跟上满地乱窜的小屁孩。我们的车跟在闲庭信步的人们后面，几乎是一厘米一厘米地挪动。我不知道选路的时予怎么想，反正我的头皮在发炸。开车的渔夫却不动声色，耐心地在山路上慢慢挪，慢慢靠边，慢慢问路，慢慢掉头，兜了两圈，总算找到了那个农家乐的入口。路况这么复杂的盘丝洞型农家乐，一出门就掉了队的贤贤他们肯定是找不到的。事实证

“大白”

明，在山多人也多的地方依靠数字化技术是件不靠谱的事。发定位也好，打电话也好，都会被天空中看不见的手给半途掐掉。眼看着天都黑透了，贤贤一家还在3公里外瞎转。渔夫说："只有呆办法，要他们就地停下，我去找他们。"最终渔夫凭着优秀的方向感把他们带回了盘丝洞。

这仙女山的模拟驾考还没完。第二天，我们居然找不到下山的路了，原因是木根铺主街禁止车辆驶入，却没有一个路牌能清楚地告诉人们到底该如何下山。导航还把我们带上了山间的小路，小路两边密密麻麻的除了树林还有山民新修的住房，专门用来出租。租房的老头老太太们全站在路旁，笑嘻嘻地看我们进退两难。关键时刻，渔夫果断放弃导航，拿出天赋的本领，在狭窄的山道上把笨重的"大白"开得飞起，带着我们钻出了那些山坳中的羊肠小道，找到了去土坎镇的路。

我们全对渔夫赞不绝口，贤贤一家自从被渔夫从山里找回来后就对他无条件信任。毫无疑问，渔夫自己也很清楚这点。这就带来一个问题：任何事情只要渔夫觉得自己能做，别人基本上插不上手，也别想让他停手。站在车踏板上往百宝箱里掏东西的只能是他，野餐时架炉子点锅子的只能是他："放下，你们不晓得我的手位……风口架炉子有讲究，你们不晓得搞，我来。"当然，大部分时间我们也不会跟他争，懒人要做得安稳，诀窍是不多嘴。

但有时候，懒人是做不安稳的，比如说在海子山垭口。

这是一个看上去很有“驴友”范的家庭：爸爸是司机，正趴在地上看轮胎，妈妈一边用英语安抚车内的孩子，一边四处张望。车里有个两三岁的小男娃，坐在驾驶位，两脚高高跷在方向盘上，正在津津有味地看着iPad。后座还有个十岁左右的女娃，奉母命在看守弟弟。车子是三菱帕杰罗，就路况而言，车子外表还算不错。 墨绿色的外壳只有下部溅满泥水。海子山垭口这时雨雪交加，气温只有几摄氏度。路过的车在国道318上洒落下泥土，被雨一搅拌变成泥水又重新回到车身上。过了海子山垭口的最高点后，我便把车开往道旁的空地里停下，准备和渔夫交换。空地的另一头停着那辆三菱帕杰罗。趴在地上的爸爸身下只铺了一块不大的塑料布，冲锋衣上已蹭了不少泥巴。我不想多事，径直爬上后座，催渔夫开车。然而戴帽子裹头巾的妈妈朝我们走来了。

她隔着车窗，满脸焦急地向我们求助，说是轮胎爆了，要换胎却发现车上没带千斤顶。渔夫二话不说，打开车门就去后箱取千斤顶。反正也走不了了，我也下车，去看那男人换胎。这家人是从广州来的，男人一边摇千斤顶，一边气喘吁吁地说，他是个老司机了，青藏高原也不是第一次上，但车子是在成都借的，所以没发现车上没配千斤顶。毕竟这儿有近4700米的高度，强壮的年轻男人也颇有些吃力。女人看着心疼，接过男人的千斤顶继续摇。渔夫嫌这小两口十字套筒使用不专业，口头指挥不算，还亲自上阵去踹套筒。轮胎在三人合力之下总算换上去了，但随着千斤顶的降落，新换上的备胎慢慢压上地面，然后紧紧贴在了地面，这家伙居然没气。我们几个人大眼瞪小眼，渔夫首先反应过来，说："我车上没气筒啊。"专业的男人被业余的备胎打败，喃喃自语："我朋友借给我的车，我就没检查了，我自己的车有千斤顶有气筒……"眼看着天光渐渐暗淡，我是真不耐烦了，劝渔夫："这不知道要等多久，他们自己去借气筒好了，你把千斤顶留给他们，他们愿意还就到巴塘找我们，不行我们再买一个。"渔夫明显不甘心，但他也变不出气筒来，只好怀着一颗内疚的心开车上路了。

开了5分钟，转了几个弯，前面出现个观景台，好几辆车停在坪里。渔夫把车慢下来，驶入坪里。我说："晚了晚了，别看景了。"渔夫一边停车一边答我："我问问他们有没有气筒。"他下车大吼一嗓子："谁有打气筒啊？上面有车备胎没气了，能借一会儿不？"还真有人回答他，返身从自己的车里拿出一个崭新的小箱子。渔夫喜得拿着箱子屁颠屁颠地回了车，时予连连跟车主保证："马上拿回来啊，稍等我们一下啊。”

于是我们又掉头往上开。三菱兄停的地方又停了一辆车，原来他终于借到了一只气筒，和气筒的主人一起研究如何打气。那是一只小气筒，跟他的轮胎并不匹配。渔夫拿出小箱子来，三菱兄眼睛一亮，脸上第一次绽放出笑容。小箱子打开，是一整套崭新的汽车应急维修工具，气泵甚至是电动的。出借小气筒的司机放心地走了。我们见女人不在，问那年轻男人，原来，这小气筒迟迟打不上气，女人走到上面去想拦辆货车，借大气泵。渔夫又开车到上面去找他太太。当女人被渔夫接回来时，脸被寒风吹得红红的，眼睛也红红的。她不停地抹眼泪，声音哽咽，果然已经被渔夫感动得失态了。电动气筒嘟嘟地充起气来，我乌鸦嘴：“备胎不漏气吧？”好在这两口子运气没坏到底，备胎渐渐鼓了起来，把车子稳稳地顶了上去。

我们在两口子的千恩万谢声中再一次往下开去。借气筒给我们的人仍在观景台等我们。渔夫和时予千恩万谢地还回小箱子，车主有些腼腆地接过：“没想到还真派上了用场。”渔夫开心地上了车，我们继续巴塘的行程。有女人的眼泪鼓励，摸黑走夜路进巴塘自然不是什么大不了的事。

渔夫的满身本事是不会藏着不用的，你几时看到一把瑞士军刀会让自己闲置？

海子山垭口

而且，作为瑞士军刀，总会在使用过程中开发新技能，特别是原本被隔绝在它设计范围之外的那些技能。

对渔夫来说也是如此，比如说摄影。

我知道我们这一行目的不是处处留影，我也不是晒图狂魔，不会随身带上丝巾啊帽子啊种种道具，所以对拍照这档子事并不讲究，拍照也就是记录下过程而已，手机足以承担此任。然而我的手机教训了我：一出长沙它就频繁罢工，打电话还好，多拍几张照片就自动关机。如此我只好求助那两位了。

那两位可不是普通人，每个都带着一台单反呢。奇怪的是，他俩好像都忘记自己有单反这一事实，碰到什么美景统统拿出手机咔嚓咔嚓拍照。时予还好，她的单反就放在后座，渔夫的单反除了出发时见过一面，此后就再不见踪迹。一路上，有单反的他见美景就掏手机，得意扬扬于他的手机经得住折腾。

无论如何，我也只能找他们帮忙了。

热心的渔夫自然是满口应承。每到标志性景点，我便揣着变成铁块的手机愉快地站到标志前，听他指挥摆出姿势。但是我看到成果时却差点崩溃。

“这照片左边糊了一大块是什么？”

“我看看，哦，是手指。”

“那这一小块又是什么？”

“手指啊，光线太强了，拍的时候看不清楚。”

“啊，路牌的海拔数没拍上！”

“哦，你位置站偏了。”

这么交流了几次，渔夫再拍照时得加上一句：“我拍得不好哦，你找时予吧。”

时予果真看不下去了，拿出摄影学校教的招数指点渔夫。两人你比比取景框我点评下景深，切磋得好不热闹。摄影课上了两天后，大手指没了，路牌也拍全了，也能拍出阳光照在我脸上的感觉了。

你知道瑞士军刀好用，可是你知道它习得新技能时的表现吗？

“哎呀，你前景取多了，雪山没照全呢。”

“你这光线不对，你要学会对光。”

“手要稳啊，不然焦点会糊掉。”

我忍不住抱怨：“时予你干吗教他照相，再教几天他会连你也瞧不起的。”

于他，也终于弥补了没带钓具来西藏，显摆不了钓技的遗憾。

这样一个人，是自带光环的。一路走过去，就没有他搭讪不上的路人。

过海子山前我们在理塘吃午饭。理塘是走国道318必经之地，县城人虽不多，管控却不含糊，街道绝不允许停车。我们吃饭的那家面馆老板便引导渔夫停到面馆隔壁的地下车库过道上。面馆不大，菜品却繁多，店铺四墙满满当当贴着面食的图片，还是中英文对照。面馆里坐着的人也是天南地北，有穿皮夹克的黑脸膛藏族人，有我们这样的自驾团，也有瑞典来的外国人。吃面的短短一小会儿，渔夫就把老板的家底摸了个够。老板一边干活一边述说自己的创业史，说起当初他们两口子来时，理塘连自来水都没有，得跑老远去打水，天寒地冻时手都会冻裂。在渔夫的宽慰声中，老板的感慨愈见深长。我们走时，却被那个车库难住了。车库其实就是这栋四层建筑的地下一层，原本应该不是为做车库而设计的，狭窄不说，还布满梁柱。老板看我们的“大白”太高，怕在下面卡住，特意要渔夫停在下去的坡道上。现在就是这个坡道给我们带来了麻烦。坡道只够过一台车，却超过了45°，还堆着一些垃圾桶、蛇皮袋之类的杂物。此时无论渔夫如何轰油门，“大白”都没办法倒车上去，还时不时往前溜几步，而前方是一堵墙。“大白”的高原病在这儿发作了。

老板听说我们出不去了，放下锅铲就过来。他家新买的车就停在下面，但即使是他也无法让沉重的“大白”倒车上去。见多识广的老板否定了我们下顶箱、取行李、堵前路、找车拖的种种主意，要渔夫开下车库掉头后挂低挡冲上去。那根本就不是个正经车库，短而陡的下坡后必须转90° 弯进入一小块地坪，地坪上矗立着楼房的立柱，勉强隔出了四五个车位。老板的新车塞在靠坡的车位里。渔夫的车太高，只能在坡道边的两个车位倒腾，里面有低矮的横梁，他是进不去的。老板先把自己的车挪到最里面，接着指挥渔夫开下去，拐一个90° 的弯，一点一点掉个头，再拐90° 弯开上坡道。然后，渔夫油门一轰，真的冲了上来。13℃的气温，渔夫和老板都满头大汗。两人惺惺相惜，如果不是当晚要赶到巴塘，渔夫肯定要跟老板一醉方休的。

对，渔夫对友情的重视很大程度体现在喝酒上。于他而言，端杯不喝醉是对不起朋友的。一般人都把灌醉对方作为本事，他把灌醉自己认作真诚。

出发前，我把自己泡的人参酒灌了一大瓶，带上了“大白”；渔夫带了大米、茶油、鸡蛋；时予带了一整箱八宝粥，后来我们的中饭基本就是它。贤贤一家带了一小包一小包的糖果零食，我们在路过日屋镇时全送给了遇见的藏族小孩。区区一瓶酒，我并没指望能支撑多久，权当路途上的小点缀。这瓶酒陪着我们在仙女山吃夜宵，在雅安涮火锅，在巴塘吃水煮肉，在波密就芋儿鸡，在林芝伴石锅鸡，在泽当呼朋唤友。18天过去了，我和渔夫、时予在拉萨分手，渔夫他们从青藏线返程，车上带着还剩大半瓶的人参酒。

能耐如渔夫，面对高原，也悄悄改了习惯。

潜伏

时予总给人一种神秘感。

不是那种故弄玄虚的神秘。时予是我的同学，她的学历、职务、住房、收入、婚姻、家庭，对我来说都不是秘密，她也从来没有保密的意思。实际上，关于社会和人生，她还相当地健谈。

她的神秘感或许来源于她说话时压低的声线，或许来源于她嘴角常常含着的微笑，或许来源于她很少争执却不达目的不罢休的固执。

从平地到高原，我们每个人对自己的身体都有些忐忑，唯有她例外，至少我没看出她有啥不安的。我是最先叫嚷着“高反”然后一头倒在床上再不肯挪动的。贤贤逞强，去巴塘时已经有高反症状了，还非要自己开车，结果一路上吐得一塌糊涂，靠吸氧和喝葡萄糖撑着。渔夫身为执业药师，且户外经验丰富，对高反基本无感，却在进拉萨的时候醉氧，把车子斜斜朝路边治安亭开去，把我们吓得够呛。而时予做什么都是不急不缓的，脸色也总是那样平静，她坐在副驾驶座上，找不到路了就导航，碰到我们不明白的就普及知识，饿了就削苹果，啥事都没有就睡觉。旅行最容易让人打破生活规律，对大多数人来说都不会是享受，对她却好像没什么影响。即使跟她一间房住着，我也琢磨不透她到底是舒服还是不舒服。

不过还是有些蛛丝马迹。在雅安那一晚，我们伴着美丽的青衣江大涮麻辣锅，时予谈笑风生，却几乎没吃什么。在新都桥那一夜，我躺在床上啥事也不肯干，时予也靠在床上，一直在清理照片、写笔记发朋友圈、复核第二天的行程，却话都没力气跟我多说。到左贡时，酒店的订房出了点意外。我们刚遭遇五千多米的东达山，一路悬崖峭壁走来，已经是晚上9点了。每个人都累得够呛，时予明显站不住了，倚着酒店柜台打电话处理订房问题。开好房时予就不见了，待我们在餐厅点好菜，她施施然走来，已经看不出一丝劳累了。

这个奇人负责我们的行程，包括设计路线、安排住宿、导航、普及知识、付账、收款、拍照、写游记等等。这些活儿没有一样是可以轻松完成的，可她偏偏游刃有余地完成了。

我们的路线透着一股“独钓寒江雪”的味道，尽量避开游客热衷的地方，专挑连攻略都少见的地方去。一路上除了塌方堵车，很少见人头攒动。即使是塌方堵了路，比方说在陈塘，堵在一起的也不是游客，而是到当地做建筑工的四川人。

既然路线由她制定，订房自然也是她的工作。这种最表现个性的事，她理所当然也不用征求我们的意见。她曾在拉萨工作过一小段时间，在西藏朋友众多，住酒店这种小事，她基本是电话搞定，不必像我们一样下APP、注册、捆绑支付、下单、下单失败、与客服吵架。一路住过来，不管是四星级酒店还是私人小旅馆，都让人觉得安全、干净、温馨。她是如何在物质条件并不优越的西藏挑出这些优质旅店来的，至今是个谜。

看风景这档子事就更具时予风格了。布达拉宫早早就被她剔除在行程外了。后来因我要直飞上海，他们还是陪我进了拉萨。我在拉萨待了两晚，居然只在酒店窗口眺望布达拉宫，不知是不是潜意识被她控制了。日喀则是大城市，她自然也不考虑。只是那天早早就到浪卡子了，为节省第二天的时间，我们才赶到日喀则。冥冥之中自有天意，我们正好住在扎什伦布寺隔壁，才总算让我得见这座班禅驻锡之地。总之，凡是大众喜闻乐见的景点，她统统不爱。倒是地图上那些陌生的地名、路边褪色路牌上风吹雨淋后留下的指示，她非得去一探究竟。我们就是这样找到了嘎朗王宫遗址，祭拜了十英雄纪念碑，体味了巴尔曲德寺的幽静，在松赞干布墓前怀古。

修行洞

她对历史和传说特别着迷。没找到桑耶寺外的青朴修行地，她一直不甘心。那天从江嘎去拉萨，路过仁布县酷龙普村时，我发现路边有个指示牌，说上面有苦龙云丹嘉措修行洞。我招呼她看，她马上指挥我右转上山。这里并不是旅游地，上山路两旁都是藏族村落，道路狭窄陡峭。我们在山间转来转去，好不容易遇到一个村民。他迟疑地指着远处山石里的一个夹缝，说上回有人也在找这个。

那是一块巨大的岩石，高高耸立在山间，当中有些凹口，岩石周围怪石嶙峋，无路可走。时予有一颗充满好奇的心，却没有勇闯高峰的力气。我们叫醒在阳光下睡得迷迷糊糊的渔夫，叫他上去探个险。渔夫在山石间艰难地觅路，手脚并用才爬到了凹口。不一会儿，他就钻了出来，一边摇头一边说，就大小两个洞，烟熏火燎的，满地油垢，除了烧残的蜡烛和白色哈达，实在看不出与修行有什么关系。时予不为所动，在周围来来回回转了几圈，再三确认自己没爬上去的本事才作罢。

四世达赖云丹嘉措，是唯一的蒙古族达赖喇嘛，拥有成吉思汗家族的血统，14岁入藏，28岁暴亡。他在什么情况下到这个离拉萨200公里的地方入洞修行，现在已经无法得知了。

发掘秘境似乎成了时予的执念。所以，当我们从定日去定结，时予不肯沿国道318返回嘉措拉山口，要走在导航上发现的新路时，我完全没有勇气反对。

我是多么想回到那个山口，再去看一眼喜马拉雅山脉的群峰耸立啊。原本我们必定是要重返沪聂线上的嘉措拉山口的。从定日去定结，只有一条路，就是沿沪聂线北上，到拉孜往东，到萨迦县沿萨初线南下，再转上嘎定线才能到定结县，等于绕一个大圈。时予的导航软件却给她指了一条直接往东，不必绕一大圈的新路。这既可以节省里程，又不必走回头路，我怎么敢因一己之私拉他们去绕圈呢。

没想到，这成了我们在西藏最刺激的一天。

从定日县白坝乡出来，我们按时予的导航指示，向东拐上一条正在维修的路。车子开进路口搭建的门楼时，我有点不安，因为门楼上分明写着“国道219改修工程第四合同段”字样。这不像是一条可以通行的路。

这的确是一条正在铺设的路，路基已高高垒起，路面基本平整，只差铺沥青或水泥了。虽说不算正规的路，但走起来也不差。好景不长，没走几分钟前方就被路障拦住了，指示牌引导我们拐入一旁的泥土路。起先还好，能伴着正在修的大路往前走，渐渐地，我们被土路带离了高高垒起的路基，往大路一侧的村庄开去。绕过村庄是一大片杂草丛生的牧场，栅栏和铁丝网把这一片草地围成小块小块的，我们就在里面穿行。

牧场上是没有路的，我们只能沿着前车留下的车辙往前走。雨越下越大，天光已开始暗淡，如果天黑前我们还不能找到大路，天黑了我们到哪里找车辙去？更可怕的是，我们的手机全都失去了信号，不要说上网了，连电话也打不出去。时予到底见多识广，自从导航给了她那条新路后，她就没关过导航，唯恐退出后那条神奇的新路就再也找不到了。于是，就凭着断网前导航留下的地图和GPS在地图中移动的光点，我们咬着牙往前开。牧场出来是沙地，沙地前方是一条河。河水从坡那边漫过来，看不出深浅。亏得这是条临时改道的小溪，水漫过来的时间还不算太长，我们安全地蹚水上岸。

天渐渐黑了，我们还在荒野穿行，村子早没了踪影，四周只剩下山丘和荒草，连动物都看不到一只。车子时不时在泥坑中跳跃，溅起的泥水糊满车窗，窗外掠过的山丘高高低低的，像是鬼怪，在灰暗的天空下露出狰狞的面孔。我问渔夫：“找不到路怎么办？”渔夫说：“就地宿营。”于是我仔细观察那些“鬼怪”，居然发现它们身上有好些大大小小的洞穴。我跟渔夫说：“宿营啊，你都不必挖洞了，那上面有的是。”一直盯着手机的时予这时发话了：“不需要宿营，光标一直在路线上走，我们没走错。”

就这样，我们按照时予的指示，在隐约的天光中左转、右拐、爬坡、蹚水。终于，在天色彻底黑掉前，我们转上了一条机耕路。细碎的石子在车轮下蹦跳，像是我们雀跃的心脏。机耕路七扭八转，把我们带上了货真价实的公路。这时已经是晚上9点，天漆黑一片，淅淅沥沥的雨终于倾盆而至。大雨中我们发现前方有一片灿烂的灯光，那是几脚桥边检站。

我们的车和一辆大巴一起停在边检站外面，等待过检。大巴上下来的都是藏族人，我们和他们一起排队。一个汉语说得好的男人在一旁帮着他们向边检战士解释。原来他们都是工地招聘的当地人。小战士丝毫不受黑夜和大雨的影响，一丝不苟地检查证件。因为渔夫的边防证上同时标注着日喀则地区和珠峰大本营，小战士严肃地指出，我们做事太不严谨。

小战士的严厉完全没有打击到我们的兴奋，因为他说再往南走20多公里就是定结县政府所在地江嘎镇。当我们开进江嘎时，已是晚上10点。县城灯火通明，像是在迎接迷途知返的我们。

第三天清早，我们离开定结县，再次经过几脚桥。明亮的日光让夜晚的妖魔鬼怪都烟消云散。我们好不容易找到的那条机耕道，旁边就立着一块公告牌，牌子上清楚写着这是国道219线萨迦县至康马县段的改建工程，施工期间行车不得超过每小时10公里。公告牌后还立着一块石碑，表明这后面大片大片的

蹚水

山丘草甸是萨迦县的基本草原保护区。那天晚上走的，正是这条草原上的施工道。

所以，不要跟时予争论，她似乎有一个和我们完全无法沟通的信息通道。

英文单词“chrisma”的意思是“罕见的个人魅力”，有人宁愿用音译“克里斯玛”来表达，就是觉得中文中类似的词汇很难说清楚它的含义。跟时予待的时间越长，就越发现这个词用在她身上再合适不过了。

且不说她那一身高深莫测让我跟她说句话都得斟酌一二，这一路但凡有什么不明白的，她都能给出答案。对万事万物均抱有不变的好奇，也不是常人能拥有的素质。这种“胸中自有丘壑，穷尽世间风霜”的气度，不是chrisma是什么？

我和时予平时见面的机会其实不多，这一次天天泡在一起，我才知道，“海内存知己，天涯若比邻”简直就是为这家伙写的，跑到世界屋脊也不能让她的来电消停。所以每天晚上不论多晚她必须发完朋友圈动态才能睡觉，仿佛朋友圈是一个定时投食器。后来我参加某个网红的见面会，嗓音低沉的网红在台上深情地告诉他的粉丝：“我下月要去西藏，如果你们打电话找不到我，那么我不是死了就是在喜马拉雅山脉里徜徉。”满堂粉丝激动地尖叫，我却不厚道地狂笑：你若真有魅

定结县的清晨

力，喜马拉雅山脉是难不住你的。

喜马拉雅山脉没有难住时予，昆仑山脉也一样。

我们三人在拉萨分手后，渔夫和时予沿青藏线返程。这也是当初我发现假期不够走完全程时最担心的地方。开车不是时予的强项，这一路一直到拉萨我们都没让她碰过方向盘。返程从拉萨走青海回长沙，得穿过可可西里，翻越唐古拉山和昆仑山，都是高海拔地带，每天的行车时间都得在10小时以上。无论是渔夫一人开还是与时予交换着开，都算不上稳妥的办法。我在拉萨的酒店门口目送“大白”离去，内心充满着担忧。

他们却毫不在意，一路上时予发着蓝天白云的照片，充分享受着青藏线上的快乐，最大的难关似乎就是道路被大卡车压坏，几个小时不变的屏保风景令人瞌睡。她说起来如一汪静水，无惊无险。

但渔夫回来后到底按捺不住，吞吞吐吐说了路上的一件事，让我心生感慨：果然是金子在哪里都会发光。

青藏线本来就是入藏四条线中风景最单一的一条，但时予决心不让它单一。她在地图上发现一个藏在深山里的水库，于是两人决定绕道去看看。他俩驶出主道，拐进乡道。开头还算好，至少是一条正常的水泥路。走着走着，前方立了一块大石头，明显是有人在那儿设了个路障。时予怎么可能被一个临时路障给拦住呢？在她眼里，这路障分明是欲盖弥彰，光秃秃的石头仿佛在对前方的稀世美景做预报。两人合力抬开大石头，继续往前开。慢慢地，水泥路越来越窄，路幅收窄到刚好能容一台轿车通过，对于“大白”，就只能让半个轮子悬在路基上。路基高出地面不少，而路的两侧是广阔的田地，肥硕的植物在阳光下摇头摆尾，好像在看一场好戏。大白两侧各半个轮子压着路面，小心翼翼地往前挪动。这个时候，已是进退两难，他俩只能硬着头皮往前开。渔夫两手紧紧握着方向盘，不敢有丝毫大意，稍稍偏点方向，车子可能就会掉下路面。时予几次要下车指挥，都被渔夫拒绝，两人在诡异的沉默中开了8公里，总算见到了大路。

据渔夫说，当他开上大路时，整个人放松下来，才发现全身都湿透了。时予到底还是有些不好意思：“我当时都不敢作声了。”

我问：“找到水库了吗？”

“没有。”

我敢打赌，下次有这种事，时予还是会一样干。

这个神秘的家伙，不会跟半人马座比邻星有什么关系吧？

高原候鸟

高原对生命有着特殊的要求，单缺氧一项，就阻隔了人们迁徙的脚步。根据第六次人口普查结果，西藏常住人口300.21万，在全国34个省、自治区和直辖市中居第33位，仅比澳门多。而西藏面积有123万平方千米，居全国第二位。要论地广人稀，非西藏莫属。

想想还有生命不畏太阳的辐射，扛住全年无休的寒冷，汲取稀薄的氧气，愉快地生活在高原，敬畏之心油然而生。所以，高原上生长的动植物常常被赋予了神奇的力量。武侠小说中，雪莲花是救命的神花，有起死回生的奇效。早些年，藏獒被捧为贵族护卫犬，一头动辄几万元，冬虫夏草更是补养圣品。

当入藏的道路越修越好，青藏高原不再高不可攀时，许多神话就破灭了。中医认为雪莲花清热解毒、消肿止痛，其实就是一味普通的中药。藏獒也因智力并不出众，在平原富氧环境下容易感染疾病而走下神坛。而冬虫夏草，则因其砷含量过高，已被踢出了保健食品的行列。

我们这一路，遇到了不少外乡人。他们就像涓涓细流，从四面八方逆流而上，注入到青藏高原的广袤天地，与高原融为一体。

我们在理塘吃午饭的那个馆子的老板，就是这涓涓细流的一滴。一个宜宾乡下的小伙子，离开温暖舒适的家乡，带着年轻的妻子一路西行来到青藏高原。搁现在，从宜宾到理塘走雅康高速，近700公里的路程，一天可以到。但在以前，要在危险的国道318往返，还是件辛苦的事。小伙子来到异乡，没有别的谋生手段，只好拿出川人天生的技能，在理塘卖燃面。我们坐在这个铺子吃饭时，他其实已经度过了创业最艰难的时期。铺面虽不大，但是离国道318不远，在新修的商贸城一楼。

理塘像中国所有的城市一样，走上了一条高速扩张之路。如今，理塘变了模样，道路平整干净，街两边是一幢幢新修的赭红色楼房，现代建筑上装饰着藏族经典的三层梯形檐口和窗楣，楼房外整整齐齐地挂着一模一样的招牌。过去那些参差不齐的平房和形态各异的招牌不见了踪迹，当年我仰望的那些大树不知在哪个坡上招展。

宜宾小伙的店子就在这些楼房中。他干净利落地为自己的

理塘县城

店子取名“宜宾燃面”，但其实，他还卖其他十几种面条，以及炒菜、炖汤。这应该是他在多年的经营中总结出来的菜单：用又油又辣的燃面讨好无辣不欢的川、湘、黔人，用汤面、瓦罐面讨好北方客。这样的菜单连外国人都可以应付。我们正坐等上菜，进来三个深目高鼻的外国人。渔夫热心，怕人家不会点菜，要我去翻译。其实人家已经从满壁花花绿绿带中英文菜名的图片中找好了自己要吃的东西：牛肉炖蔬菜。宜宾小伙接待起瑞典客人来也毫不吃力。

这个外乡人显然已经融入了当地的生活。我们在吃面的时候，店子里还坐着几个黑脸膛的当地汉子。他们穿着皮夹克，缩着肩，双手插在裤口袋里，也不点菜，面前的桌上只放着一个大茶缸。老板一边招呼客人，一边在厨房和餐厅里进进出出，忙着做饭，还不时地跟这些当地汉子用当地话聊上几句，一副游刃有余的样子。我们的车停在楼前的空地里，城管来查，也是老板一边跟城管说好话，一边引导我们停到楼下车库的入口处。

老板的妻子也在忙着店里的活计，不到一岁的孩子被一个小姑娘抱着哄睡觉。老板圆圆的脸上挂着满足的笑容。明亮的店堂、健壮的小孩、车库里崭新的汽车，这个外乡人在高原挣得了美好生活的基本配置。一年大部分时间都待在高原的这家宜宾人，都已经两颊黑红。

论厨艺，宜宾人的手艺不算出色，但对于阴雨霏霏里长途跋涉的旅人，能坐在干净的店子里享受一碗热气腾腾的面条，已经是意外之喜。

像他这样离开平原老家到高原开店的四川人，我们一路见到不少。定日县那么偏远，生意最好的客栈却是四川人开的，还堂而皇之取名“成都庄园”，尽管那客栈与庄园没啥牵连。这家子成都人见证了定日从边境小镇到珠峰脚下热门落脚点的变迁，把自己的小小生意做成了网红客栈，也让自己的脸蛋染成了经典高原红。墨脱石锅是西藏的地理标志产品，四川人却用它来做鲁朗石锅鸡，你去林芝不去尝一口似乎都不算吃过西藏美食。

西藏足够大，容纳得下天南地北来闯天下的人们。我们在定日吃到了东北饺子和大拉皮，高大、白皙的老板娘操一口地道的刘老根腔调：“明早来吃炸油条啊。刚炸出来才好吃。”我们说得早早出发。勤奋的东北女人急切地挽留：“放心啊，我们6点半就开炸。”我们进定结县已是晚上10点，街上仍灯火辉煌。满街招牌，却找不到我们订的那家宾馆。于是我们把车停在一家牛肉拉面馆前，准备先吃饭。面馆的老板是个四川人，得知我们找不到宾馆，马上丢下店子，带渔夫走出好远，把那个藏在楼缝里的招牌指给他看。第二天晚餐我们进了一家川菜馆，小伙子端上仔姜烧鸡，我们夸他做得地道。他腼腆地说："我刚学着做，有什么不好的多提意见。"他是青海人，因为这地方只有川菜好卖，所以他特意花钱去学的。这个一间房的小店就两人操持，他的老父亲默默地在一旁收拾炉子。

我们在定结住的这家店就有些奇怪了。新装修的四层楼旅店找不到服务员。我们上上下下找了个遍，才把一个小伙子从柜台里面的房间叫出来。这个年轻男人就是老板，他面容白净，显然来高原的时间还不长。此后两天我们没见过除他之外的其他店员。第二天晚上我们回酒店，又见老板躺在大堂的沙发上。我们问他，为啥从早到晚都只见他一个人。他满脸烦恼地嘀咕："招了好久，这地方招不到服务员。"

有人的地方同样也少不了湖南人。那天，我们破天荒早早回到林芝。因为时予爱上了藏族女人穿的围裙，我们便打算去寻访。正好路边有个卖纪念品的小店，我们走进去问路。店里坐着一个中年女人，正在包饺子。店子里满满当当摆着银器、串珠、虫草、藏红花等游客爱买的东西。

"老板，请问你们这儿哪儿有藏族服装卖啊？"

"藏族服装？他们好像都是定做……"

"就没有现成的卖吗？"

“我没听说过啊。你们等等，我叫我媳妇出来。”

柜台后面的门里又出来一个年轻女人。这个圆脸女人挂着习惯性的笑容。她想了想，建议我们去香港步行街看看。这时我们三人的眼光已经被满屋子闪亮的小东西吸引住了。小媳妇很机灵，马上为我们做起导购来。她俩的口音我们听得耳熟，就问她们是哪地方来的。果然，她们是株洲人，来林芝五六年了。

“为什么跑这么远？”

“我们在株洲开服装店的，生意不好做，辛苦还赚不来钱。这儿虽然赚得也不多，但轻松多了。这儿的人过得很悠闲，节奏慢，不像我们在株洲，整天忙得脚不落地。这儿的店子早上很晚才开门，有生意就做做，没生意就喝喝茶。”

“噢，你们刚刚在包饺子呢？”

“是啊，不是闲着嘛。”

婆媳俩你一句我一句，把柜台里的宝贝都端出来让我们挑选。本来就问个路的三人，出门时抱了满满一堆牛角梳、琥珀珠子、绿松石耳坠。下午5点钟的太阳还很灿烂，给巴宜镇的行道树撒上一层金粉。宽阔的马路车辆稀疏，街道上也没几个人游荡。这一刻，城市静悄悄的，风悠悠地吹过我的衣襟，每一个毛孔都舒坦地放松下来——前世得做多少好事，今生才能这么做一个慢悠悠的林芝人。

但我们的老乡不仅仅只会做殷勤的小店主，时予的朋友就是在西藏修路的湖南人。我们进藏后的诸多难题，都是她这位朋友帮着解决的。那天我们从林芝到山南，沿雅鲁藏布江逆流而上，车到泽当时早已过了饭点。在西藏修路的李先生特意带着太太从工地赶到泽当，等着与我们吃饭。

这是一个个子不高的中年男人，和所有久居藏地的外乡人一样，两颊已晒成黑红。他那眉目婉约的太太长年在西藏陪着他，女人到底爱漂亮，脸上还看不出多少高原的痕迹。他在席间历数这些年来做过的工程，那些我们刚穿过的隧道，和那些我们仰望的大桥，在他嘴里如数家珍一一道来。看着他那张精神饱满却写满沧桑的面孔，我很好奇："您来西藏多久了？"

"我不到二十岁就来这边干活了，快二十年了。"

怪不得几乎这儿所有的大工程他都有份，他的青春基本与西藏的发展同步。西藏把一个湖南乡下伢子变成了高原的中年汉子，也成就了他的事业和家庭。

西藏早已不是那个原始、落后的西藏。我们一路上遇到一个又一个的工地，有的在修路，有的在挖隧道，有的在建房子。工地上到处都是健壮的建筑工，他们一身尘土，两颊黝黑，操着全国各地的方言，用自己最原始的本钱，一点点拓展

修路工

西藏的未来。他们也许只是高原的过客，做完一个工程就得回去另觅出路，也许足够幸运，像时予的朋友那样，能一直陪伴高原前行。那些满面尘土的建筑工，那些认真做菜的厨师，那些拼命维持一摊小生意的疲惫老板，他们努力在高原留下生命的痕迹，留下文明的光亮。他们南来北往，年年回归，就像执着的候鸟。

何处不相逢

人人不安分

玻璃柜里名为“来通”的酒器，长得像个憨憨的牛，四只小短腿儿撑起圆滚滚的身子，同样圆滚滚的头高高扬起，两只小棍子似的角笔直插在头上，下面的脸像铲子一样伸出去，像个扁平的壶嘴。这东西我虽然没见过，名字却有些熟悉。去年在陕西历史博物馆看何家村唐代窖藏文物时，里面就有来通，不过那只来通更像个动物的角，前面尖尖的部分雕成牛头的形状，后面敞着大口，像个漏斗。

“是不是那个何家村……”

我话还没说完，一旁做讲解的李馆长就兴奋地接话：“对，何家村唐代窖藏文物就有来通。来通是希腊语，意思是‘流出’。后来来通就成了这类酒器的名称。古波斯人很擅长加工玉器，何家村那只玛瑙来通就是西亚人的手艺。但这只来通是陶制的，是公元前1000年左右伊朗西北部的制品。”

对于自己一手促成的在长沙博物馆展出的“平山郁夫丝绸

之路美术馆藏文物展”，长得特别像个考古人的李馆长如数家珍。

是什么让一种得名于希腊语的器物，穿越空间和文化的阻隔，跑到万里之外的长安去装酒？

“就算是古代，也应该有运输线吧？”

“唐朝的对外交流很频繁，是世界各地各色人的聚集地，波斯人、阿拉伯人都爱跑来跑去，到处做买卖。唐朝比我们想象的更开放。”李馆长明白我想问什么。

原来什么时候都有不安分的人啊。

“他们是他们，是乏味的大部分。

我们是我们，天生不安分得认真。”

长沙的夏季，空气都能让你燃烧，就清晨那么一小会儿，有一丝丝的凉意偷偷从身旁溜过。我打开车窗，让这股稀罕的凉意伴着阿肆喑哑的声音在空气中回荡。

8月的最后一天，我在做了一年乏味的大部分后，终于又能不安分了。

这一次仍然是西行。3台车，10个人。听说去云南秋那桶的公路已经修好，我们这一趟就是要亲身去体会什么是最美公路。

按说公路存在的意义就是让人到达目的地，世上却偏偏有这种人，成天琢磨哪一条路更与众不同。带着这样的旅行目的出发，我仿佛看到了那些拼着老命跋涉伊朗高原、翻越兴都库什山脉、从昆仑山的茫茫雪峰中艰难穿行的波斯行商从1000多年前投来的谴责目光。时代的前进，不但没有掐掉不安分的理由，反而为不安分的人提供了更好的条件。

时予是行程的制定者，也是这群人能聚在一起出发的理由。

万能的渔夫依然开他的“大白”。

大林在出发前安排的那次小聚中就已经充分展示了他对食物的敏感，在后来的旅途中发现，他敏感的何止是食物。

衡阳的老张开了一台黑色福特锐界，载着强子、旗云和珠儿组成了“黑豹队”。他们堪称本旅行团最豪配置：特意为旅行购买的顶配汽车，随时掏出来的无人机和长炮筒单反，以及随时随地可以逗哏捧哏的“云珠相声二人组”。不过第二天刚开到恩施大峡谷，就毫不客气给了“黑豹”一个教训，瘪了个胎不算，还裂了个轮毂。关键是这轮毂尺寸还非常特别，一路上的修车店都没货。坚毅的“黑豹”硬是用粗粗补了的胎和电动打气筒支撑到重庆的4S店，换了轮毂后又深夜赶到了成都青城山。可能最靠谱的配置还是“相声二人组”，不管是青城山的深夜赶路还是措普沟的清晨越卡，不管是4000米的高原色达还是炎热的金沙江畔，她俩都毫不吝啬地贡献激情和笑料，哪怕当时还在承受着高反的痛苦。

开尼桑的韶哥得知另外两台车的名字后，很不情愿地遵守了这种命名的规则，把自己这一组叫做“白加黑”。我猜测，这跟那款感冒药没关系，纯粹是因为他既不想“白”也不想“黑”。

从长沙出发时，“白加黑”就已经快我们一步到达青城山了。当晚住在恩施大峡谷的，就是老张的“黑豹”团和“大白”。我们住的这家民宿，正对着恩施大峡谷笔直耸立的岩壁。坐在民宿的露台上，眺望着灰褐与苍绿交杂的峡谷岩壁，吹着山间湿润的晚风，还是蛮愉悦的。

看到民宿老板在一楼摆的茶台，大林当即兑现他之前的承诺：吃饭时有酒喝，吃完饭有茶喝。后一项明显已经涉及时予的专业——她每一轮的出行，携带的茶不下三款——所以，基本上泡什么茶，用什么程序泡茶，大林都是请示时予后才得以实施。在民宿的茶台上，大林把泡茶的坛坛罐罐一字排开，包括时予多年来精心收集的茶杯。茶杯比刚才喝白酒用的酒杯大不了多少，各种青花晕染、粉彩交叠的图案，暗示着这是一种极具仪式感的活动。其时快到中秋，月饼已经上市，渔夫拿出月饼，切成小块，装入小碟，告诉我们喝茶得吃甜点，这个月饼正好做茶点。

坐在茶台一角的民宿老板笑眯眯地看着我们沏茶、切饼。渔夫热情地递过月饼请他尝尝。老板不好意思地接过，说："你们尝尝我家的茶吧。"

其实我更关心，在恩施乡下地势崎岖的山沟里，怎么会有这么一座MUJI风的房子。这房子像个方正的白盒子，用粗大的原色木料和黑框玻璃打破盒子的单调，架起悬山顶，做成四面来风的露台。屋前更是牺牲了建筑物的面积，挤出了一个晒太阳、吹晚风、看悬壁的大平台。房间的洗浴部分是开放式的，以水泥砖铺设。套房浴缸放在超大尺寸的玻璃窗前，好像泡澡比读书更需要光线。在我的认知中，这绝不是湖北农村的审美。

果然，民宿老板是外来者，他是恩施隔壁的重庆人，原先是做医药生意的，跟朋友到恩施来玩了几次，就喜欢上了这里。

"医药不好做啊，天天在外面跑，我就想着转行。恩施这地方我来玩过几次，喜欢这里，可是每次来都住得不好，就觉

绝壁

绝壁下的生意

得做民宿的空间很大。我想得简单，找当地的朋友拿了地，就把以前做药赚的钱都投进来了。”

“你这里很特别啊，这地方没人像你这样建房子吧？”

“对啊，都是我的主意，这里风景好，空气好，不敞亮一点浪费了风景。”

我喝了他泡在玻璃杯里的绿茶，又试了他分在小陶杯里的普洱。绿茶幼嫩，有一股青草的香味；普洱浓郁，细细品的话还有回甘。

“这个茶叶是你们自己做的吗？”入住时，我就看到大堂橱柜里摆放了成套的茶具和精致的茶盒，有红茶，有绿茶，有大罐装，也有小罐的旅行装，无一例外都打着民宿的标志。

“是的，我爱喝茶呀，对茶叶也有些心得。这个地方产茶，我们也附带着做一点。”

上辈子做了多少的好事，这辈子才能过上这样的生活：建一座盛满清风的房子，抬头就是屹立了千万年的绝壁，泡一壶自己做的清茶，在茶香中和过往的旅人聊聊他们的见闻。

可老板说，他的压力很大。这民宿才建了七八个月，目前还在投入期，不知盈亏平衡点在哪里。恩施大峡谷也只有夏秋两季客人多一点，到了冬天就没有多少收入了。

傍晚我们在绝壁下的村子里转悠，很快就发现这屋子维持光鲜亮丽是需要勤快地维护的。峡谷的湿气滋润了山里的花花草草，也能让任何地方飞快地长出霉斑和青苔。屋子干净的白墙和崭新的木框架，正在慢慢浸染出霉菌的灰黑色。这也解释了为什么山谷里好一点的房子都是毫无特色的瓷砖外墙。

天色慢慢暗了，我们沿着山路往回走，那座白色民宿亮着温暖的灯光远远地指引迎接着我们。夜晚的峡谷，也没有哪座屋子像它一样，用橘黄色的灯指引着回家的路。

进出恩施大峡谷的路并不好走，都是盘山路，十几公里要开上很久。但我们都无怨言，因为一路上的风景实在太迷人了。恩施大峡谷把“远山如黛”“龙骧虎峙”“擎天一柱”“横峰侧岭”一一展现给你，也许一个转弯，刚刚还层林尽染的峰峦就钻入云雾中，这一刻大山还横亘在前方，下一刻就被千万年前的利刃劈出了一道山谷。就连我这个出了名的摄影低手，也用手机拍得停不下来，总觉得这峡谷里的任何一个场景都可以做屏保。拖着一个烂轮胎的“黑豹”丝毫没有因为“腿脚”不方便坏了兴致，照样逢景停车，遇水下河，一路上耽搁的时间也不比“大白”少。我们两台车几乎是前后脚到达利川的米其林轮胎店。

“黑豹”是一台专业野游车，可它明显不适合在中国走野路。特立独行的轮毂不但在利川这种小城市配不到，连成都也没有，必须到福特的大本营重庆才能找到。于是，“大白”和“黑豹”暂时分开，“黑豹”先去重庆换好轮毂后再到成都，“大白”按计划径直去成都找“白加黑”。

“大白”到达青城山时，天色也不早了，本来就温润浅淡的地方，因为暮色进一步隐去了棱角。青城山的空气里仿佛藏着一层纱，把山形与云海融为了一体。我们晚上住的见山别院，藏在路旁的一条小巷里，照着南方古民居的格局，用青砖引路、黑瓦盖顶，遍栽乔木，用青竹在庭院中搭出一个凉亭。我们刚在小巷里停好车，就见柴门里迎出两张笑脸，一脸圆润的韶哥走在前面，身后跟着一个漂亮女人，她就是韶哥的小媳妇。

韶哥两口子提前出发，已经在这儿住了两晚。韶哥一边领着我们往里走，一边介绍他已经住得不耐烦的民宿。漂亮的小媳妇第一次见我们，却丝毫没有局促感。她像一个多年未见的老朋友一样，热情地抢过我的大行李箱，“噔噔噔”几步跑上楼，把我送到了房间。

行前，时予为了让同行的人彼此熟悉，攒了一个局。这次聚餐，我第一次见到瘦瘦高高的大林和有一对扑闪扑闪大眼睛的韶哥。如果吃喝是门学问，大林做的就是博士后研究。在这个普普通通的土菜馆里，大林让我们吃出了上下五千年的感觉。从点菜的诸多考虑，到菜品的制作工艺，到餐酒的搭配，大林全是一副深谙其中奥秘的模样。而韶哥，每当聊到他熟悉的话题，那双扑闪扑闪的大眼睛就开始放光，充满激情，让你不得不避开他的锋芒。关键是，整个晚餐时间，我都没发现他有不熟悉的话题。在其后的旅行时间里，我真正确定了，就没有他不熟悉的话题。

他还有一个擅长让话题自己长出枝丫来的小媳妇。小媳妇是我们对韶哥太太的称呼，是说她不仅年纪小，而且说话轻言细语，干活麻利。

一车人安顿下来后，韶哥就带我们去吃晚饭。在路上，他自豪地说："这一条街上的馆子我们都考察过了，待会儿你们不用管，让小媳妇去点菜，她熟悉。"果然，一进街边的小饭馆，小媳妇连菜单都不看，径直走到后厨，看着堆在厨房的菜开始点。最神奇的是，她跟老板娘操同样的口音。她不是陕西安康人吗？就算安康在陕西的东南，离青城山也有好几百公里呢。中国不是地域广阔，十里不同音吗？怎么到小媳妇身上，这条就不管用了呢？小媳妇上一刻操着四川话问老板娘鱼要怎么做，下一刻又换回普通话和我们说话。结账时，她跟老板娘百般套近乎，又指出餐馆的某些菜缺乏应有的水平，硬生生从并不贵的菜价中砍下了一个小口子。这种谈判的本事，之后我们多次在订房和吃饭的时候见识到，自青城山后，所有谈价的活，大家都自然留给她去干了。

我们吃完饭，在院子当中的凉亭里把茶都煮淡了，才终于等到“黑豹”。换上完好轮毂和轮胎的“黑豹”此后再无意外状况，一路走完了全程，配得上它“黑豹”的美名。

从青城山出来，我们又一头钻进了二郎山隧道。去年这个隧道可让我大大惊艳了一把，当时我开着“大白”，好好的雅叶高速，毫无征兆地把这条长13.46公里的隧道送到了我面前。我记得坐副驾的渔夫难以置信地问：“是1300米吧？”这次是大林开着“大白”钻隧道。我激动地向大林介绍这条要开好长时间的隧道，大林淡定地回答：“那是你没去过终南山隧道。”一年后我在陕西西康高速上终于见到了中国公路隧道第一长的秦岭终南山隧道，绿底白字的路牌在车窗外一闪而过，的确是18020米，不是1800米，然后默默原谅了大林当时的淡定。

过了折多山，我们进入了传统意义上的藏族居住区，路旁就是川西大草原。不用进入景区，风景就在路边。鲜水河一路相伴，两侧民居的缤纷色彩不时地打乱高山草原单纯的绿色节奏。新都桥就是因这些风格独特的藏式民居成为川藏线上最出名的风景之一。

过了理塘就是著名的塔公草原。路旁的草原被圈起来收门票。可在这儿，收门票也是一种极费成本的事，那一眼望不到头的草原、那伴随着公路时宽时窄的溪流、那天边高耸的雅拉雪山，该用多大的围挡才能让人们乖乖买门票去看？

我们穿过道孚县和炉霍县，天漆黑一片时，进入了五明佛学院的领域。佛学院所在的洛若镇在黑暗中熠熠生辉，这是镇上的五彩景观灯在勾勒它的轮廓。佛学院就在北面的山上，灿烂的灯火同样让它从黑暗中凸显出来，让人惊叹它的规模。第二天，我们真正上了那山，才知道昨晚想象的规模于真正的它而言不值一提。

这一晚我们住在了离佛学院20余公里的色达县城。县城很新，至少粉刷得很新，广场、雕塑、气派的办公机构等县城兴旺要素一个都不缺。我们住的酒店也很新，薰衣草的颜色、薰衣草的香气，我是真的到了藏地？

我们还在房间里熟悉电动窗帘和制氧开关时，大林和渔夫就出门去找晚餐店了。都已经10点多了，剩下的人都不太想离开这个舒适的酒店。可那两个老饕不干，说如果我们不去，他们打算两个人吃下那锅点给七八人的菌菇牛肉。等善良的我们找到那家菌菇火锅店时，他们已经跟隔壁桌打成一片，准备共享美食。那是一群来自江苏的游客，比我们还能吃辣，丝毫不觉得半夜三更在偏僻的小城跟两个陌生人涮一个锅有什么不妥。

色达已经是近4000米的海拔，我们中好几个都有不同程度的高反。第二天，时予因为空气干燥，在取隐形眼镜时就已经受了伤，车子返回洛若镇时，一向不动声色的她都忍不住叫停了车子。渔夫的葡萄糖总算派上了用场。色达的佛学院一带已经高度旅游化，游客只能乘当地的公交车上山。车子开到最高点的坛城处，大家从这儿开始步行参观。无论是刚喝了葡萄糖的时予，还是说自己高反的韶哥夫妇、珠儿、强子，全在下车的一瞬间没了踪影，消失在人群中。

的确是令人震撼的景物。它同威严的雪山、奔腾的大江、绵延的草原不同，完全是人类在信仰的支撑下用自己微薄的力量创造出来的。金碧辉煌的坛城还可以说是有组织的建设，那漫山遍野的红色屋子，代表了多少代人对未知世界的渴望。山坡的正中就是著名的五明佛学院，高大方正、金顶红墙，低矮的小红屋子围着它毫无章法地向四面八方蔓延开来，不但占满了整面山坡，延伸到整个山谷，还大有向天尽头拓展的趋势。

凑近看，这些红色屋子一点也不讲究，就是几块木板子搭起来的屋棚。好一点的屋棚四周还围得严实一点，更多的是连四角都没合缝，张着大口子，令人疑惑里面的人如何熬过高原严酷的冬天。

这些红色屋子，原来是五明佛学院的僧舍。来求学的人多了，僧舍不够，就自己依附着佛学院搭建屋子。虔诚的信徒觉得哪怕是在它附近的屋子里独自念经，也更容易接近神佛的奥义。源源不断的人搭建着越来越多的小红屋，成为红屋里的扎巴和觉姆。如今，这儿已有上万间屋子，好像还有人在搭建新的。据说，这儿已经发生过多起火灾，佛学院发出呼吁，希望政府能介入，解决僧众们的居住问题。也许这些红色的“违章建筑”要走到弃用那一天了。

我没有走进那座金光闪闪的坛城，而是和渔夫往佛学院对面的山头爬去。他不知怎么一通操作，跟旁边的游客搭上了线。那是一对年轻夫妻，带着个学龄前儿童。他们金棕色皮肤、细长的眼睛、挺直的鼻子和黑红色的两颊，跟我们去年入藏时见到的藏民一样。果然，夫妻俩是青海的藏族人。男人家族中出了一个活佛。一家人来色达，五明佛学院还派了一个扎巴做导游。小扎巴不会说汉语，但对我们非常热情，要带着我们一起去看神秘的天葬台。

我们四个大人一个小孩，跟着穿深红色僧服、一脸孩子气的扎巴，往北面的山头爬。山头看着不远，但在海拔近4000米的地方，腿比在平原时重了好几倍，几步下来就气喘吁吁。整个喇荣沟都是平缓的山坡，好像有一张绿毯子盖在这些起起伏伏的小山上，要不然，那些漫山的红房子也找不到扎根的机会。此刻，天气已完全转晴，高原的阳光直射下来，让人无处躲藏。每当我想停下来拍个照，渔夫总是说到上面景色更好。就这样，我平生第一回去色达喇荣沟，硬是没有过足与红房子们合影的瘾。

不知道翻了几个山头，我突然看到头顶上有黑色的鸟儿，远处的天空中有更多的鸟儿在盘旋。我再不识鸟，在这种特别的地方也马上懂了，这是秃鹫。越往前走，能看到的秃鹫就越多。有的高入云端，有的俯冲向下，全都笔直地张开双翼，在空中翱翔。这时我们又翻过了一个经幡飞扬的山头，前方是一片开阔的山谷。小扎巴指着山坡下一片模糊的建筑，说那就是天葬台。在我们和建筑物中间有一群身着各色防晒衣和T恤衫的人，他们或蹲着或站着，拿香蕉的拿香蕉，举手机的举手机，在逗地洞里进进出出的土拨鼠呢。土拨鼠毫不怯场，常常先从地洞中钻出一个头，冷静地观察一下前方，对香蕉一副不甚在意的样子，待剥开香蕉皮，把香蕉送到它嘴前，它才眯着两眼

色达的红

小红屋

施舍般地啃两口。

土拨鼠们在这边的地洞忙着“卖萌”，那边，隔着一道铁丝网的山坡上，蹲着好些阴沉沉的秃鹫。不时还有秃鹫从天上俯冲下来加入，蹲久了又展翅往天上飞去。

快下到山谷底时，我终于确定了天葬台的位置。它并不显眼，缩在山谷一片新修建筑的角落里，不是小扎巴指点，我们根本看不到。小扎巴把我们领到广场的东北角。莲花瓣的台阶前立着一个秃鹫的蹲姿雕像，一个披着蓝底红花披巾的女人伏在雕像上，像是在做祷告。台阶一路往上，将我们引到一堵约两米高的砖墙前。我们沿这些隐喻着“步步生莲”的台阶往上走，气味越来越明显。这是一种有机物腐化的味道。离砖墙还有十多米，砖墙上汉藏两种文字的“尸陀林管理条款”已能清楚地看到，我却再也无法往前走。原本想着去墙的左侧小门窥探一番，到这里才发现，那气味仿佛有实质，推着我往回走。我们翻山越岭，结果谁也没能窥看天葬台。

那天下午，我们走著名的国道317，到达新龙县。

这是一座沿雅砻江建的县城。在雅砻江两岸窄窄的山谷里，县城的楼房密密麻麻，把江岸挤得水泄不通。这种沿狭长河谷建的城市，新龙是我见过的第二个了。之前的康定城也是这样，康定河把城市一劈两半，奔腾的河水给整个城市增加了巨大的背景音乐。新龙的规模小多了，雅砻江也没那么聒噪，但这个河谷实在是太逼仄了，两岸刚刚够建几排房子，所以所有的建筑物几乎都是紧贴着江边建的。江岸可通行的道路都不宽，路边的商铺还经常把触角延伸到路上来，城市管理者只好不停地设单行线，搞得我们在雅砻江上的几座桥来回穿梭，行程显得无比艰难。不过，单从行人的角度，这座小城还是挺赏心悦目的：雅砻江在深切下去的河谷里流淌，河岸上高高低低的房屋林立，笔直地俯视着下方的河流，像从不知疲倦的卫兵。房屋挤在岸边也是不得已之举，这河谷留给人类的平地本来就不多，再要往两侧蔓延，就得爬坡了。也正是因为平地稀缺，我们在预订的酒店没有找到放得下三台车的地方，只得临时更换酒店。夜幕降临，河谷上高高低低的楼宇亮起了灯光，黑暗隐去了这座正在大兴土木的城市满身的尘土，光影却给它画上了金色的线条。

川西这一路，常常看到大大小小的桥梁。这让大林兴奋不已，他可以充分表现出一个桥梁建筑业人士的权威感。只要是横跨在水面上的东西，他都能从毫不打眼的一堆架子中找出值得称道的地方。刚离开雅砻江进入理塘，他就在路边一条小河上发现了藏式悬挑结构伸臂桥。这条河叫考工河，是雅砻江的

峡谷里的城

支流，在这儿宽不过四五米，两侧用石头和木块垒成垛子，几根圆木从两侧垛子中伸出，中间再架上几根圆木，连接成了一座简陋的桥梁。据大林说，这种桥的历史可以追溯到大名鼎鼎的吐谷浑，是吐谷浑称之为“河厉”的伸臂木梁桥的简版。用这种方式，短小的木头也能搭建起跨度很大的桥。新龙的雅砻江上就有一座宏大壮观的飞桥，名“波日”，也是采用悬挑臂搭建的。

新龙到理塘、巴塘的这一路，是川西风景线上的明珠，处处叫人惊叹。一进入国道318，毛垭大草原就让我们大开眼界：云彩涌动的天空下绿色波浪起伏，远处庞大的山体将这绿色引到天的尽头，白色的山尖不知是雪堆出的，还是云染出的。河水在草原上恣意流淌，这是理塘河，历史上称无量河，它滋养了这座大草原以及周围1.9万平方公里的土地。波浪起伏的大草原上，散落着星星点点的杂色牛羊，那是藏人在放牧。有时他们也会赶着牛羊在国道318 上穿行，从我们车前慢悠悠地走过。

前面赶牛的牧人似乎是两兄妹。束着长辫子的小姑娘回过头来瞧着我们，黑红色的小脸蛋绽放出一朵美丽的深色大丽花，前方的高个子男生似乎呼喝了她一句什么 ，她不好意思地转过头，甩起手中的鞭子，快乐地向前奔去。高个子男生戴着宽檐帽，脸上裹着围巾，把自己捂得严严实实，一双漂亮的

原始的桥

大眼睛向我们警惕地张望。我们问他："这么多牛都是你家的吗？"他说："是的。"我又问："你们是兄妹吧？"他说："是的。"我们惊叹："你们俩好阔气啊。"这回再严实的围巾也遮不住他的笑容了。他俩招呼着牛群往路边上躲闪，渐渐淡出了我们的视野。

穿过理塘县城，毛垭大草原继续铺展它无尽的绿毯。绿毯间时不时夹杂几个白色的帐篷，有的是藏人游牧的住宅，有的是招揽游客的景点。

我们停下来，站在草原的边上眺望天的尽头。这时，两辆摩托车驶了过来，在我们身边停下。我们仔细一看，其中一辆是湘A的牌照。全身裹得严严实实的骑手翻身下车，摘下了头盔。这是一个面容黝黑的小哥，见到我们好奇的目光，脸上露出微笑。我们问他："真的从长沙骑来的？""是的，朋友约着骑行川藏线。"旁边鲁A牌照的骑手透过头盔也朝我们微笑，他的车更加夸张，后座安装了两个大铝箱，上面还驮着个行李袋。坡下，专门驮游客逛草原的马儿在悠闲地啃着草。骑手和我们一样，站在大草原边上眺望远方，丝毫没有与下方的马儿做生意的意思。

穿过毛垭大草原后，就进入了海子山。海子山名副其实，简直是一个湖泊收集器，它的1145个冰蚀岩盆，形成了1145个

美丽的笑

大草原

湖泊，其中著名的姊妹湖就在国道318的路旁，站在护栏旁可以清楚地看到下方两汪碧湖相依相伴，静静地注视着来来往往的俗世过客。

我们还没到措普沟，前方第一台车，渔夫开的“白加黑”就传来了坏消息：措普沟景区不准进入。为了国庆节开园，当地正在里面全力施工赶进度。措普沟的入口是国道318旁的一个小叉道。路口有一个派出所，新刷的蓝白标志在阳光下鲜艳得晃眼。左侧，一座长达数十米的巨型招牌还没完工，漂亮的石基上写着“巴塘措普沟景区岭卡溪游客中心”。巨型招牌的台阶下是一个很大的水泥坪。看来，这就是当地要打造的景区入口了。时予不甘心，一定要大林继续往山里开。结果一分钟后，一条栏杆横在了不宽的路面上。守道闸的当地人回答很简单：“路面施工，不能进去。”

现在只能去巴塘了吧？三台车往前开，一直开到下德达村。这个村子沿公路两侧的民宅大多已经改造成了餐馆和客栈。时予一路上紧盯着窗外，第一个发现了路边一闪而过的“措普沟大酒店”。自称“大酒店”的两层楼房子跟所有的路边店没什么两样，时予叫大林把车倒回去，停在狭窄的酒店坪里，她要去找当地人问问，还有没有办法进沟。大林和时予下车找酒店老板，我把“白加黑”和“黑豹”叫回来。还没等三

姊妹湖

台车聚齐，入村小分队就传来了喜讯：大酒店的老板果真能耐不小，一口答应带我们进沟。这个身材矮壮的四川女人，发型疑似杀马特青年最爱的莫西干，浓眉大眼，说起话来中气十足，一副做惯了主的样子。除了欣喜若狂的时予，我们全都有些疑惑：这女人如此大包大揽，不会是骗我们留宿的吧？见多识广的女老板一眼看穿我们的不信任，跟我们详细解释：明天早上5点半之前，她让当地人开车送我们进去。当地藏民都有牵牵绊绊的关系，看守路口的都是乡邻，会睁一只眼闭一只眼的，价格也很公道。如果觉得这儿的住宿条件太差，她在上面还有一个温泉酒店，晚上可以去泡温泉。不放心的话，可以先去看看。

大林和时予开着车去了，半晌，打电话通知我们上去入住。这家酒店取名延续了胖姐的宏大叙事风格，叫“德达神山温泉大酒店”，一长排三层楼的房子前面空着一块水泥坪，像个小学校。一楼是大堂、餐厅、厨房，上面两层是客房，客房门外是一条长长的走廊，走廊对着大山，湍急的小河从走廊下淌过。虽然天空明亮，细细的雨珠还是在稀稀拉拉飘下，仿佛是清澈的河水在努力往上飞扬。

房间设施确实不差，被褥整洁、地板干净。吃过很令胖姐自豪的松茸炖鸡后，我们决定去泡温泉。

查青卡温泉明显没经过什么开发，严格说来连名字都没有，因为“查青卡”就是藏语“温泉”的意思。国道318这一段也叫“安康大道”，从国道往旁边一拐，跨过一条不宽的小河，河边挖了几个露天的水池子，水池子旁修了两排木头房子，一排充作收费、做饭、休息用的驿站，一排室内建有水池，那就是室内温泉了。经营温泉的是个年轻的武汉女人，高高瘦瘦的，说话做事一股麻利劲儿。她带我们去看室内的泡池，吆喝帮工的藏族小姑娘开门锁、拿拖鞋，见厨房的门口摆着大盆的厨余垃圾，抽空还骂她们“做事太不上心”。

这是我泡过的最简单、最直观的温泉：山石间流出的滚烫泉水，被管道引到室内小池或室外的大池里，必须打开冷水龙头加入大量冷水才能降到可以泡澡的温度。它没有豪华设施，没有堆砌的假山和遍栽的花草，从滚烫得无法入手的原泉到掺了大量冷水的泡池，只有短短几米。怪不得武汉姑娘听到水是否是烧热的疑问会无比愤怒：“你们自己去那边看看，看用得着我再烧不！”

我们泡完温泉，到老板的休息厅去喝茶。休息厅是木头房子隔出的大开间，摆了藏区流行的卧榻式沙发，高瘦的武汉姑娘坐在窗边的榻上，给我们倒温泉水喝。这不是个有亲近感的女人，语调快速激烈，连面容都有些锋利，居然做的是最需要亲和力的服务业。这会儿，她闲了下来，终于表现出松弛的一面。时予对一个武汉女人跑到这么偏的地方做生意充满好奇，特意坐到她边上去套近乎。这女人聊起天来依然带着一股犀利劲，一个劲儿地骂自己冲动，说是被“驴友”哄着来的。查青卡的温泉驿站在他们“驴友”圈里出名了，是热门打卡地，听说要找人接手，正好她在武汉开服装店开烦了，就被朋友哄着过来了。结果朋友拍拍屁股走了，留下她在这儿苦苦支撑。我四下张望，这儿确实有些简陋：山谷里的平地实在不多，刚够修一排屋子。纯木头的屋子看上去田园风十足，但无法提升住宿的条件。帮工的藏族姑娘连汉语都说不利索，更别指望提升服务水平了。环境、资金、人力资源，没有一样能帮助她提高驿站的定位，能做成这个纯天然的温泉就已经相当厉害了。虽然她口口声声说自己冲动，我却听不出一丝悔意。有人星夜赶科场，有人辞官归故里，这武汉姑娘年纪轻轻就找到了信步天涯的幸福，真令我羡慕。

第二天早上4点半，我们准时起床，天空一片漆黑，空旷的院子里只有我们这群人。其实，整座酒店也只住了我们9个人。国道上投来四道光柱，这是接我们入沟的本地车来了，一台现代，一台五菱宏光。开车的是当地的藏族小伙子，因为迟到刚被胖姐臭骂了一通。两个人满面堆笑，心情完全不受胖姐臭骂的影响。我们默默地上了车，此时路上一片寂静，正是日出前最黑暗的时刻。

车子在胖姐的大酒店停下，她的瘦老公忙着把鸡蛋搬上车。据说沟里有沸腾的温泉，煮温泉蛋是措普沟旅游项目的标配。胖姐一反昨日的粗声大气，压低嗓子嘱咐我们别吱声，因为公安就住在她的大酒店里。本来就忐忑的我们更加心虚，屏声挤在车子里，黑暗中只有驾驶台显示屏发出的五彩光芒。盘着长辫的藏族司机不知为啥那么快乐，把车载音响开得老大，五菱宏光一路唱着藏族风味的主旋律歌曲往措普沟奔去。车子开到昨天拦住我们的道闸前，我们紧张的心情达到了顶点。司机按了一下喇叭，路边的小屋里钻出来一个女人。司机简单地跟她说了几句，她把栏杆升了上去，我们这时才长长地吁了一口气。

我们出门已经一个小时了，天还是漆黑一片，除了车灯照到的部分，基本看不到前路。黑暗中只能凭车子的起伏和耳边传来的流水声，感觉我们是在沿着溪流往上攀爬。刚入沟时车子行驶还平稳，越往里走车子越颠簸，颠着颠着，居然还在凌晨6点碰上大城市才有的堵车。一辆五菱宏光被戳破了胎，趴在路中央，把前方堵得严严实实。我们两辆车的司机赶紧下来帮他换胎，那辆车上的人也纷纷下来站在路边。好在只是一个简

措普沟

单的换胎就解决了问题，我们没等多久就又出发了。

这时，黑暗渐渐退去，晨光一点点揭开道路的真相：左边是从上奔流而下的溪水，右边是高高耸立的山崖，原本狭窄的土路刚刚被拓宽，右边山崖上满是挖机挖出的巨大沟槽。刚进沟那段平稳的路面也许是已经铺上了沥青，颠簸的路面则只有石子路基，有的甚至还是泥土。靠溪水的一侧正在修筑石栏杆，可惜离建好还差得远。挖机、渣土车、搅拌机、小推车随意丢在路旁。怪不得刚才那台车会爆胎，钉子、尖石子、水泥块随处可见的路面，戳个胎不是常事？

7点是当地日出的时间。我们像电影院中的观众，看着前方的一片漆黑突然幻化出万千景象，措普沟的美貌终于绽放在我们面前：葱绿色的草原起起伏伏，画出优美的曲线；清冽的河水奔流轰鸣，奏出自然的乐音；险峻的高山像天神的护卫，在天边排成威严的战队。我看着那群雪白的卫士，突然发觉一抹绯色染上了群峰的峰尖。绯色慢慢化成了金黄，直到左前方最高的尼特岗日峰上迸出了金光——雪峰日出，这是措普沟给我们早起的回报。

在清冷的高原晨风中，我们站在刚从草甸挖出的泥土路上眺望着群峰。天空中仍然浓云密布，可正好在群峰上退出了一箭之地，让我们得以清晰地看到峰峦上的灿烂金光。太阳仍然

禁地的金顶

躲在山峰的那一头，只把辉煌的火焰点上雪峰的尖顶。老张早就掏出了相机，时予端着手机，在草甸的边缘来来回回选点，毫不顾忌泥土的湿滑。连高反的旗云和珠儿也忘记了一路的晕眩，兴高采烈地拍着金峰。藏族司机笑眯眯地站在一旁，也许在笑我们的大惊小怪，这远远算不上完整的日出呢。那天，太阳到底也没让我们看到它的真面目。可是远来的我们已经很感恩了，一生中能有几次看到金光闪闪的雪峰呢？

司机索性一口气开到措普沟的最里端，让我们从里往外游览。三面大山把山沟死死围住，措普寺就守在山底，为措普沟画上个句号。这是一座沿沟底铺陈的长方形寺院，前方赭红色院墙远远伸出来，几座殿堂呈阶梯向后延伸，背倚的高高山崖上还有一座凉亭样的小寺。山崖的后面是扎金甲博峰。庙宇的金顶、赭墙、白塔全都明亮鲜艳，乍看之下，还以为这是为旅游新修的寺庙。但寺院最前方的殿堂上方悬着招牌“吉祥措普五明佛学聚莲乐园”，说明它不是一座没有来历的寺庙。

此时的措普寺空旷寂静，寺门开着，任人出入。不过殿堂的门都关闭着，守着最底端的主寺是一个合围的正方形院子。果然美景是剂良药，高反的旗云、珠儿和小媳妇毫不吝惜体力，在院墙下，在寺后的草丛中，反复跳跃，寻找拍摄的角度。男人们这个时候矜持起来，端着手机游玩去了。不走寻常

沟里的寺庙

沟里的水

温泉煮鸡蛋

的空间，给探秘者一个发现的惊喜。

我们又回到了胖姐的餐馆。事实证明，胖姐的做事风格跟她的打扮完全不同。时予能够透过她浮夸的外表看出她的本质，眼光也的确出众。所以，时予不安分，就可以带着我们闯天涯，我们不安分，只限于折腾自己。

胖姐并不是本地人，是嫁到甘孜的外来媳妇。看她两个酒店一把抓的样子，看她调度安排村民的样子，已经完全是当地的权威了。一个女人再孔武有力，要在完全陌生的高原站稳脚跟、成为支柱，不知要付出多少心血。我们在餐馆吃饭，她一刻不停地进进出出忙着各种事情，如此旺盛的生命力，在普遍闲适的川西显得格外与众不同。见我们打量她放在门口的一箱松茸，她忙介绍松茸的各种好处。我们说不方便带上路，她又推销起自己晒的干松茸。我好奇地跟着她爬到楼上的晒台，果然这儿挂着一串串的松茸，有的已经晒成了金黄色。这种原产地风格一下子打动了渔夫，他毫不犹豫地买下几大串，说是回家炖汤喝。

我们带着“偷渡”措普沟的得意，带着松茸独特的清香，和胖姐挥手告别。

然而，我们没有能到达计划中的下一站——芒康。海通沟塌方，道路封闭，逼得我们找出一条没有开通的路。因祸得福，我们见识了金沙江的另一面，以及巴拉格宗峡谷的风情。

到大理后，川西行即告结束。在大理一家火锅店为小媳妇庆生后，大家各奔东西。渔夫早就飞回了长沙，大林开着渔夫的“大白”，载着时予和我踏上了归程。大林有个心愿，要去贵州沿河。他在2017年为公司签了一个“乌江大桥”的项目，现在桥要合龙了，想去现场看看。一路上，大林就像应聘来的职业司机，无比敬业，不到万不得已，坚决不让别人开车。就算中午短短打个瞌睡，让我替了会儿手，只要醒来，必一路唠叨，让我精神崩溃，主动让出方向盘。如此鞠躬尽瘁，我们没有理由不为他绕个道。何况，上桥梁工地现场，是跟着项目参与者才能有的好机会，我也绝不会放过。因此，我们三人从大理直奔贵州。那一天的行程特别长，“黑豹”在六盘水玩耍时，我们在高速上；“白加黑”快进长沙时，我们还在高速上。待我们在沿河下高速时，天漆黑一片，已是晚上9点半了。

沿河的高速出口是一个几层螺旋的高架桥。车子盘旋着，迅速降了几十米的高度。沿河县城是一个深陷在河谷里的小城，四周全是大山，乌江在山底流淌，城市依江而起。夜晚的沿河县城却并不冷清，街道通明透亮，餐馆也一派繁忙景象。半夜，我们坐在热闹的湘菜馆里，闻着臭鳜鱼特有的气味，喝着大林最爱的贵州白酒。大林一进沿河，身份马上发生了转换，不再是满大街找吃找住的外乡客，成为昂首挺胸的老大哥。

让他有这个老大哥自觉的是一群红褐色脸膛的普通男人，虽然顶着工程队领导的头衔，但长年的工地生活已经让他们的形象与民工无差别了。大林一面向他们问进展，一面向我科普桥梁知识。沿河这座桥与众不同，造价比普通斜拉索桥大，他们为实现设计而做的工程创新不但获得了科技进步奖，还申报了若干专利。但他们经常收不到工程款，原材料跟不上，工程做做停停，又遇上钢材涨价，导致预算进一步增加，欠款更多了。为什么收不到钱？因为沿河是国家级贫困县，没钱。为什么要用这么复杂的设计？县政府招标，看中了贵州设计院的这个设计。

午夜过后，我们才踏进酒店的房间。一进去就让我大吃了一惊：房间得有四五十平米大，大理石墙面、双面盆洗手台、智能灯光、电动窗帘、全屋音响，一只异形浴缸摆在落地玻璃窗前，玻璃窗外就是乌江。“北上广”的五星级酒店就算不比它硬件差，也不会比它房间大。我陷在宽大的席梦思里犯迷糊：我待的这地方真的是国家级贫困县？

第二天清早，我跑到酒店外才发现，不只是这家酒店，乌江边这一整条街仿佛都写着“我是土豪”四个字。这应该是县政府着力打造的一条景观街：宽敞的柏油路，雕花的石材护栏，整齐的行道树，华丽的街灯。酒店的外立面更是堂皇，高大粗壮的立柱撑起仿古的大屋檐，装饰的石材看上去都不便宜。街上的建筑物都带着这种故意强调的民族风格，用粗大的立柱撑起飞翘的大屋檐，尽管不都是石材包裹，但粗大的原木柱想必造价也不低。整条街修建时间应该不长，但好些木柱都开裂了。目前这些仿古建筑物启用的还不多，真的入驻后，可以想见维护成本有多高。

待大林带着我们到了乌江大桥边，我才知道这沿河县为审美付出了多大的代价。

乌江流到此处，远不如在涪陵那么壮观，但河谷深切入大山，建桥的跨度还是很大。对于世界一流的中国桥梁建设水平，即使再大跨度，无论梁式、拱式、悬索、斜拉都不是问题。但沿河不但选择了造价高的斜拉桥，桥的独塔柱还做成了没有棱角、波浪起伏的曲线柱，像两支超大号的提琴颈。连我这外行都看得出来，这样非常规的形状，要用水泥浇筑出来有多难。

昨晚见到的总工程师，是个戴眼镜的小伙子，凭这个项目得了创新奖的就是他。今天他又领着我们上工地。我们戴着头盔，乘工地上四面漏风的电梯到了桥面。总工程师说，使用这样曲形丰富且位置偏一侧的塔柱，最难的还不是浇筑，是配比两侧斜拉索的重量和长度。由于桥面是现场浇筑，成品重量会与设计重量有点偏差，他们每架一根拉索，都要反复核算。为此他们还建了模型，申报了两项专利。谈到自己的作品，小伙子满脸自豪，完全不见昨晚说收不到款时的那种哀愁。

大桥已经基本成形，桥的主梁和两岸的引桥只差四节就能合龙。曲形丰富的塔柱已建好，只剩塔尖的鸽子头造型没安上去了。原来它模拟的是鸽子的形状。大林说，斜拉桥造价高，维护成本也高，像这座乌江大桥造价近2亿，光是做拉索的钢绳就要12000元一吨。其实他们可以选择更经济、维护也更容易的钢架构桥。工程队拿到的6000万元工程款远远不够完成这座斜拉桥，但建一座钢架构桥还是够了的。为一只鸽子欠这么多钱，我无法理解。

但甲方对新奇特的追求，却是乙方扬名立万的机会。哪个有理想的技术人员愿意经年累月步前辈的后尘呢？哪个有抱负的工程队不愿意标新立异，从此成为江湖的传说呢？资金缺口这么大，总工程师却依然笑容满面。他们攻破所有技术难题，即将完成这个项目。桥面上有十几个工人在忙碌，做斜拉索的钢绳堆放在一侧，他们要把这些拇指粗的钢绳一根根套进拉索

修建中的沿河乌江大桥

管中，形成拉索束。这些拉索将在以后的日子里背负桥梁的重量、接受大自然的考验，斜拉桥维护成本高也就高在这一块。桥的断面下有几个工人在架设钢筋，这是要做合龙的准备。工程队的领导们对本年内合龙充满信心，一再请时予和大林来参加合龙仪式。

我像漫游奇境的爱丽丝，闯入了另一个空间，所见所闻都在颠覆我的认知。我以为高高耸立的索塔是个水泥柱子，但其实塔柱是中空的，里面还有钢梯可以爬上塔尖；我以为拉起主梁的是一根粗大的钢缆，其实拉索是由许多根小钢绳束成的，钢绳的重量配比体现了建桥者的水平。我尽力拍下工作中的人们，拍下他们手中卷着的钢绳，脚下踩着的钢筋。这些人有的穿工装，有的穿T恤，衣服上沾满了污渍和油垢。唯一整齐划一的，是他们一丝不苟戴着的安全帽。

我们乘电梯离开了大桥。走出很远再看那桥，它从乱石和碧水中拔地而起，高高架在蜿蜒的河谷上，曲线丰富的塔柱像两只摇曳的手臂，摆出优美的姿态。

我们又一次通过多层螺旋桥上高速。在正午的阳光下，它以一系列高高的柱子把路面撑在半空中，场面十分壮观。大林说，桥梁合龙在中国根本不是问题，现在已经能把误差率降到最小，而国外好些地方都做不到零误差合龙，有的国家修桥，

一桥分两地

路者深情的水泥桥顷刻被裹挟而去，国道318中断。

之后不到一个月，抢修人员便搭起了一座新桥，就是眼前这座上承式三排单层简支钢桥。

要我说，这座钢便桥也有一种规则的美感。16个水泥圆柱两两成对，托起一层密实厚重的钢架构，远远看去，钢架构内部支柱参差交错，画出细密的菱形窗口。桥身虽然不大，但牢牢扎根在汹涌的江水中，给人一种踏实的安全感。

桥的东岸是四川巴塘县，西岸是西藏芒康县。我们开到桥东已是下午5点。

若是在长沙，差不多到傍晚时分了，这儿却是日光正好，太阳还远不到坠下的时候。我们计划今晚住在曲孜卡温泉，离这儿还有170多公里，沿国道318和国道214往南走，不到5个小时的车程。藏地的天黑得更晚一些，我们至少还可以在阳光下开3小时车。

我们驶过这座钢便桥，桥下金灿灿的江水一如去年，急急忙忙地往南奔腾——有限的时间只会在我们身上留下印记，不会对它有任何影响。过了桥，我们就进入了西藏，沿着金沙江往南走几百米，一道横杆拦住了前路。路障的左边是芒康县朱巴龙乡派出所。我还在瞎嘀咕，怎么在巴塘叫“竹巴笼”，过了江就叫“朱巴龙”呢，开车的大林已经打开了窗子。派出所门口站着几个人，有的披着夹克，有的穿着夏季短袖警服。

大林从车窗探出头，向横杆边穿反光背心的女人问情况。原来，刚刚海通沟发生塌方，巴塘到芒康的国道318线中断。

“大白”是头车，我们赶紧通知后面跟着过了江的“白加黑”和“黑豹”：西藏咱这回进不去了。

就在我们三台车商量路线之时，过江进藏的车渐渐聚集了起来。大家把车停在路旁，彼此交换着信息，实在不愿意相信，这就过不去了。

我们这次的目标并不是西藏，只是借道芒康去秋那桶，见识那条号称“中国最美公路”的德贡公路。所以我们迅速决定今晚去得荣，走金沙江的东岸。于是，我们掉头回到了巴塘的竹巴笼。

藏在东岸的公路

得荣在巴塘的南面，同属四川甘孜藏族自治州，与云南的德钦县隔着一条金沙江。理论上沿着金沙江的东岸往南走就能到得荣。但我们在任何一个导航软件上搜索路线，都要我们走金沙江西岸的国道318，地图上江东倒是有一条路，从竹巴笼到茨巫，称“竹茨公路”，但导航既然没推荐，表明这条路不一定能通行。

但“黑豹”充满信心地领头上路了。我们紧跟着它右转往南驶去。这回，金沙江在我们的右边奔腾，阳光下波涛起伏的江面泛着金光，能够换一个角度看金沙江让我们心情雀跃，丝毫没有因为前路未明而感到沮丧。右岸的路刚开始还好，已经铺设好沥青的路面平整宽阔，但路边还在铺设的护坡和路肩说明这条公路并未完工。这条路并不完全是在江右的山崖上开凿的，时不时要钻进山里的隧道。当我们开到第三个隧道前时，发现隧道被堵上了。

“黑豹”的车窗打开了，老张从驾驶室里探出头来对我们说：“去不了，路没通。”

其实隧道左侧有一条从山体上挖出来的路，目测可绕行上去，但确实没做任何公路的设置，说没路也是对的。

这一通折腾下来，快6点了，去哪儿都不现实。三台车原路返回，当晚住在了巴塘县城。

晚饭后，老张照常出去散步，旗云和珠儿照例紧随。我们住的酒店在国道318旁，不远处就是磅礴恣意的金沙江。老张的散步是和摄影分不开的，他挎着大黑包，手提无人机，披着一身金光，愉快地往江边溜达。旗云和珠儿愁眉苦脸地跟着，总觉得哪儿不对劲。因此，她们把在房间跟我聊天的时予喊了出去。这一去，时予像是蒸发了似的，那个西南行的微信群里也一片静寂。直到我洗完澡，整理好第二天的行李，记录下当天的行程，舒舒服服躺在床上看了好久的书后，她才施施然回房。尽管脚步有些疲沓，但表情很轻松。

“你散了这么久的步？”黑灯瞎火看金沙江，这是什么情怀？

她一扫晚饭前的沮丧，一股抑制不住的高兴劲儿扑面而来：“哪里是散步，我们一直在打听路线。我们问清楚了，明天走得荣。”

“啊，你们找到熟人了？”

晚饭时，大家七嘴八舌提建议，一个核心思路是，在公路系统找熟人咨询竹茨公路的修路进展。之所以会有这么个建议，无非是座上有那么几个人，或多或少跟修路扯得上关系。我想，大约是大林或时予找到了竹茨公路的承包商。

然而，完全不是。

时予讲了一个长长的故事。

首先是确定方向。还是要去秋那桶，走德贡公路吗？当然，我估计时予的菜单里应该没有半途而废这个选项。

绕道吗？肯定不行，时间来不及。

那就只有找一条路，继续沿金沙江去云南。地图上那条虚线——竹茨公路——是唯一选择。

他们四个站在江边的黑暗里，开始打电话。

他们像所有想问询的中国人一样，拨打114，目标是公路局的电话。

他们首先问甘孜州公路局电话，114爽快地给出了号码。甘孜州公路局也很爽快，给了巴塘县交通局的值班电话。当时早已过了下班时间，但巴塘县交通局的值班电话是与其负责人的手机绑定的，电话一拨，马上接通。负责人在电话里清楚地表示：国道215，也就是竹茨公路，在巴塘县内已经可以通车了，但不了解得荣段的情况。再打114查询得荣县交通局电话，这回114答复：得荣县政府机构的电话是保密的，不能提供。

四人灰溜溜地回了酒店，在大堂昏暗的灯光里继续攻关。

找遍所有能想到的信息来源，这个得荣县交通局始终处于黑洞区。他们甚至打高速公路的救援电话，也无法从得荣黑洞中获得一点点信息。

这个时候，旗云想了个办法。她从114问到得荣县酒店的订房电话，然后直接打到酒店。因为藏区的县城一般不大，酒店也就那么零星几个，接订房电话的一般都是老板本人。这次也不例外。得荣县的酒店老板，也跟遍布藏区的四川老板一样，讲究和气生财。得荣的信息黑洞终于在这儿露了一丝光亮。老板说，他那儿今天刚刚入住了一个从巴塘开车来的人，大概率是走竹茨公路过来的。“你们稍等等，我去问问他看。”老板热情地说。

半个小时后，老板答复，客人的房门敲不开，估计在睡觉，他明天再帮我们问，但他觉得那条公路是走得通的。

虽然没有得到百分之百的证实，但总算找到信息源了，四人心满意足地各自回房。

时予讲起这个故事的时候，向来严谨的她毫不掩饰对旗云的赞美。

是啊，若不是旗云另辟蹊径，我们就只能瘫在巴塘这个小酒店里拿哈姆雷特之问来折磨自己了：“去还是不去，这是个问题。”

第二天，那个老板履行了自己的承诺，从巴塘到得荣的那个住客给我们打来了电话。他正是在前一天走竹茨公路到的得荣。据他说，公路在巴塘段已经筑好路面，一路畅通，进入得荣后，很多地段还在做路基，只有路面，还有些地方连砂石路面都没有，但通车是没问题的。

这条隐没在东岸的路，终于在我们面前徐徐展开。

去得荣的路

人生若只如初见

从巴塘县城出发，我们第三次路过金沙江竹巴笼钢便桥。一大清早，太阳就已经给江水洒上了金光，更加烘托出了钢便桥的金属气质。桥东头挤满了车辆，个个都在焦急地询问今天能不能进芒康。我们从一堆重卡、越野、小桥、五菱宏光中杀出重围，掠过右手边的国道318路口，径直向南开去。从这儿往下，始称竹茨公路。

竹茨公路有一连串的隧道，昨天难住我们的那个隧道叫下归哇三号隧道，今天拿来堵隧道的临时路障消失得无影无踪，足以证明巴塘交通局的回复是负责任的。尽管隧道不一定都铺好了柏油、砌好了洞壁，但车开过去是一点问题都没有的。我们在山崖边奔驰，一江金水在山崖下的河谷奔腾。对面的大山上，高压线塔连成一线，沿着峰峦逶迤起伏。白色的房屋散落在绿色的山谷里，不时穿插着整齐的梯田。

能与金沙江相伴而行，不能不说是幸运。金沙江的这一段，原本藏在横断山脉的迷宫里，一副与世隔绝的样子，完全不愿意被人打扰。这条刚从山腰上切出的路却彻底断绝了它隐世的希望。我们这一路，从竹巴笼大桥一直到巴拉格宗峡谷，金沙江或在宽阔的河谷里流淌，或在逼仄的水道里咆哮，或在车道旁喧闹，亲近得像个邻家小姑娘，或干干脆脆地转过身去，头也不回地消失在山间，像个高不可攀的冷美人。

有这样任性的美人在旁，这条路确实修得辛苦。

竹巴笼一带，是硬生生在山腰上凿出的一条路。车在刚从山体里挖出的土路上开过，头上巨石嶙峋，朝江的一面都露出新鲜的断面。筑路工给巨石套上网兜，兜住不时往下落的碎石。也许正是落石的原因，很多时候车道不再切入山腰，而是钻进隧道。这直接增加了修路的技术难度。一路上是各式各样的筑路工具，从简陋的小推车，到庞大的挖机，到高悬起重机臂的吊车，展示着人类征服自然的勃勃野心。

这条路每一段都有队伍在施工，有的路段完全铺好了柏油，只待配上路标就可以通车，有的正干得热火朝天，吊车、挖机来往得不亦乐乎，还有的刚刚平整路面，土路上的积水一汪汪的，也见不到几个人在施工。遇到干得不亦乐乎的路段，停车等待放行是常事，我们也正好在路旁看看朝我们奔腾而来的江水，与同路人聊聊行程。

我们就是这样遇到了神奇的父女双人组。

他们开着一辆长相丑陋的白色汽车。说它大吧，又不像专门用来载客的考斯特那么长，说它小吧，比我们这一行的大个

危险的路

子“大白”无论长宽高都大了一点点。从后面看过去，就是一个方方正正的大盒子。而且，它的后窗外还真的装了一个不锈钢的小盒子。一只大白盒子驮着一只小铁盒子往前跑，怎么看怎么难受。我跟在它后面，时刻担心跟太近会蹭到那只棱角分明的小盒子。

中途停车等待放行时，我们才知道，那小铁盒子里装的是车里的父女俩从辽宁盘锦一路过来的锅碗瓢盆。至于为什么那么大个车连锅碗瓢盆都放不下，纤细的车主大妹子毫无保留地讲述了她的旅行故事：

那个白色大盒子其实是上汽大通生产的轻客，丑是丑了点，但好在车厢大，又比房车价格低多了。很多长途旅行者正是看中了这一点，买来改装。她也不例外，把车后部的座位全部拆掉，安了一张床，改装成了一间卧室。就靠着这只丑陋的大白盒子，她把老父亲带到了藏区。她在驾驶室开车，老父亲就在后面的卧室休息。因为老父亲并不会开车，从盘锦到巴塘，全是她一人开过来的。

“这么旅行多辛苦啊，为啥不坐飞机、坐高铁啊？”我们问。

因为东北老头对西藏的看法别具一格，必须开车才算是进藏。

东北老妹的大白盒子

“你一个人开，连换手的人都没有啊？”

秀气的大妹子文静地一笑：“没办法，老爸的心愿，砸锅卖铁也要完成。”

每年，她老爸都有一个远行的目标，每年她的任务就是替老爸做司机完成这个目标。

前方放行了，我们一一回到自己的车上。那台驮着小铁盒子的大白盒子继续往前驶去。我们不知道被拦在了竹巴笼大桥东面的他们怎样绕到芒康去，我们也不知道身形瘦小的东北大妹子如何一个人扛过所有的进藏难关。也许支撑她的不仅仅是孝道，更多的是路上的风景吧。因为同样是江水，在这儿却流出了完全不一样的天地。

我们在中咱镇停下吃饭，大妹子的大白盒子一骑绝尘，从此驶出了我们的生活。

我们停留的中咱镇，夹在金沙江和它的支流定曲之间。定曲不愧为金沙江的一级支流，把金沙江的脾气学了个十足：江水在狭窄的河道里腾挪跌宕，闪着金碧色的光芒，让波浪狠狠砸向每一块阻挡它的石头。在不知不觉中定曲已经取代金沙江陪伴在我们身侧，它是那么像它的归宿金沙江，搞得我们一路上都在犯嘀咕：这到底是不是金沙江啊，为啥金沙江跑到我们的东侧去了？到了中咱镇，它稍稍安静了些，和穿过镇中心的道路并排，默默向前方流淌。定曲被两岸的水泥护坡牢牢锁住，镇上的房子在定曲两岸依次摆开，这条桀骜不驯的河就成了镇上人家的内河。我们吃午饭的小店夹在这些房子中间，是一幢略显简陋的两层楼屋子，临街的铺面明显是从庭院里砌墙搭起来的。看来这家店的生意不错，两层楼都无法满足客流需求。金沙江左岸的这条路，比我们想象的要繁忙。

匆忙吃过饭继续往前赶，没走上十分钟再次被拦下。这回是前方路面施工，得等沥青铺好了才能放行。眼看着刚刚架起来的路障，几个人捶胸顿足：不吃这顿饭，早过去了，那背铁盒子的大白车不就没影了吗？架路障的队长是这个小工段的领头，见我们后悔不迭，他安慰我们说："铺沥青很快的，大约两个小时就可以通行了。"他答应这边一放行马上通知我们。

我们只好又掉头回中咱镇。现在可算明白这么小的镇子为啥会有家生意兴旺的餐馆兼旅店了。小餐馆的老板二话不说，让我们到二楼去休息，显然，他们家不知收留过多少前路被阻的过路人了。小镇的中午十分安静，阳光透过玻璃窗照进二楼的厅堂，把酱红色的木沙发也照出了几分鲜明。打烊了的伙计在沙发上睡觉的睡觉，玩手机的玩手机。这也许是小镇万事停顿的时刻，连电也停了，只有空气中的尘埃在光柱下起舞，一刻也不消停。我们在这个静谧的镇子里昏昏欲睡，目的地似乎失去了它的吸引力。

那个小队长对施工时间的把握还是很准确的，3点半，他就给我们打来了电话。于是我们振作精神，重新上路。这一回，一路通畅，再也没遇到停车让道的情况。东岸的这条路，我们总算是走通了。

玉川一枕清风去

小队长新铺的沥青路面并不长，这段公路应该处于快完工的状态，基本都铺好了沥青路面。沿途也不再只是嶙峋的山石和咆哮的江水，渐渐出现层层叠叠的山峦、如绿毯一般的草甸、迎风飘扬的经幡和低头啃啮的牛羊。在平坦的高山草原走了一阵子，我们就进入了得荣。

此刻的得荣，阳光明媚，碧空如洗，清风习习，绿草铺成的原野一直蔓生到直入天际的峰峦。公路两侧陆续出现开着五菱神车摆摊的村民和方方的藏式房子——这是离巴塘最近的茨巫乡，竹茨公路的最南端就是这儿。得荣与巴塘一样，是国家级贫困县，我们走竹茨公路时尚没有脱贫。我们一路上很少看到有人群聚集，更没有大片大片连在一起的村落。那一小栋

得荣的高原

一小栋白墙褐顶的屋子，在灿烂阳光下显得那么孤单，不论民居，还是派出所、卫生院，都静悄悄的，仿佛时间在这里不再流动。

同为贫困县，巴塘毕竟得国道318之助，早已是人来人往的车友胜地，而在得荣，国道215至今还不算全线完工呢。但眼下那不时积压的车流，溅满泥水的履带车，操着天南地北口音的筑路工，正在把外界的喧哗带进得荣，在天堑变通途的时代，不会再有世外桃源。

不知从啥时候起，我们的右侧又出现了一条河流，同样山高水深，同样水流湍急，同样向南奔流，只是河水的颜色不再是金灿灿的，而是泛着青光，给绿意稀薄的山谷增添了生气。莫非金沙江又回了我们身边？这时，我们发现岸边有一块标志牌。停车一看，是国家地理标志产品核心保护区的标志牌，保护的是得荣树椒和得荣蜂蜜。顺着标志牌往前看，一条金灿灿的江流横插过来，一举接收了这条青江。看到那标志性的颜色，不用怀疑，金沙江又回来了。

消失已久的金沙江绕过西面的山谷，横亘在松麦河之前，在南北向狭长的河谷里奔腾的青色河水，迎头撞上金沙江，青色立刻被金黄吞噬，一江金水浩浩汤汤向南奔去。是的，这条青色的江是松麦河，也就是我们在中咱镇看到的那条安静的定曲，金沙江上游响当当的支流，尽管在两江合流口的标志牌上，它叫许曲。

在松麦河汇入金沙江后，一道飞虹稳稳地架在金沙江的峻峭河谷间。这是一座造型很纤细的拱桥，优美的桥拱在宽阔的江面拉了一道长长的弧线，桥的两端嵌入两岸山壁，除此再也没有任何助力。即使我们在国道318上见识过很多技术高超的特大桥和大桥，这座单拱桥仍然让我们惊叹：结构简单、外形流畅，架在这世外桃源完全不显突兀。

拱桥叫曲宗大桥，属云南德钦县管理，从这座桥开始，左岸是四川得荣县，右岸是云南德钦县。我们继续在左岸驰骋，往得荣县的南端奔去。得荣县的轮廓像一片边缘参差的树叶，叶尖正处于云南德钦县和香格里拉市之间。明日，大团队往德钦走德贡公路，渔夫去丽江飞回长沙，这个叶尖就是最合适的中转站。我们沿得荣西边走，路过了至少三座金沙江大桥。奔子栏的金沙江桥是一座单薄的双拉索桥，四川这边的桥头修了两个大水泥墩子，不让大车通过，显然，这是一座有点危险的桥。20多分钟后，又是一座双拉索桥，桥的前方正在修建名为“雪山哈达歌舞迎宾”的群雕像。桥也还在修建中，无法通行。这座正在修建的桥其实是为了替代它南边的一座破旧危桥。我们就从这座危桥跨过了金沙江，跟在奔子栏过江的“白

泾渭分明

加黑”会合，又从国道214的一座崭新的金沙江大桥上回到了金沙江左岸，然后掉头往北，进入香格里拉大峡谷的巴拉格宗。

我们奔驰在峡谷里，迎面又是一条河流呼啸而来。落日的最后一道金光已经离去，月亮悄悄地升上了中天，将峡谷切出的一块天空染成靛蓝。清风在峡谷间荡漾，水声在峡谷里轰鸣。

知何处，珍重山川与明月。

万里路　三千年

一年一度不安分

渔夫驾着“大白”来接我，把我要带着上路的瓶瓶罐罐一一拎上车，在堆满了行李的后厢里塞来塞去。每次旅行，风景固然重要，吃喝也是这群人从不肯放弃的要素，所以我备了茶炉、茶壶，以及各种美酒。看得出来，渔夫有点不以为然，因为去年去川西带的那些锅碗瓢盆几乎是原封不动带回来的。这一次行走的是中国的核心地带，哪有什么东西买不到的？渔夫的夫人惠子坐在副驾，是这次新入伙的成员，她穿着百花怒放的T恤、鹅黄色裤子和粉红色防晒衣，随随便便地，更像只是去走亲戚。她张着口看着我的大包小包，脸上露出和渔夫同样的表情。

这已经是我们一起度过狂野之夏的第三年，出发时我们给“大白”的里程表拍个照：71369km。

我们早就计划好，要去新疆走独库，翻达坂。但新冠疫情打乱了所有的计划，于是时予策划了一个很有历史积淀的线路：燕云十六州。

燕云十六州是一个历史地理名词，又称幽云十六州，“燕”或“幽”指北京，“云”指山西大同，所以燕云十六州就是以北京、大同为核心的河北北部、山西北部一带。从唐末到明初，长达六百年里，它被各方势力争来抢去，成为中原王朝心中的痛。宋太祖说：“燕晋未复，遽可谓一统太平乎？”国人总是把唐朝作为大一统文明的代表，但其实，唐玄宗后期安史之乱爆发，唐朝就开始陷入了藩镇割据的困境，燕云十六州的幽州等地，实际已脱离唐朝的控制。这种四分五裂的状态，占了唐朝一半的时间。唐朝灭亡后，这块地方更是各方军阀争夺的肥肉，最终被儿皇帝石敬瑭献送给契丹。自此，它被纳入北方少数民族政权的囊中。说了大话的宋太祖没能夺回它，他的后几任皇帝无论出钱还是出兵，也没能拿到它。宋徽宗曾经以为自己无限接近于拿到它。他与金太祖签下“海上之盟”，把原纳于辽的岁币给金朝以购买燕云十六州。此后金太祖归还了其中七地。但好景不长，完颜阿骨打一死，金朝大举南下，不但夺回了七地，还进一步占据中原，虏获二帝，把北宋变成了南宋。直到明初朱元璋派徐达、常遇春攻下元大都，燕云十六州才全部回到中原王朝手中。

散尽硝烟后，现在这些地方已经被我们称为华北地区，然而，把它们放回历史的语境，“密云区”“河间市”“应县”变成意味深长的“檀州”“河间府”“应州”，再踏入这些地方，是不是有机会窥见古人错失的命运呢?

把燕云十六州作为目标，意味着我们需要驾车向北，穿过湖南、江西、安徽、河南、山东、河北，到达北京后，再转而往西，在山西和陕西间来回穿梭，再掉头南下，穿过湖北，回到湖南。这是一趟在中国核心地带的行走，具有旅游和访古双重目的。

策划人时予早已出发：新加入的欣姐带来一辆咖啡色大众途观，由大林驾驶，三人直奔九江而去。那是我们今晚的宿营地。而“大白”接上我和贤贤，四人一路不急不赶，中途还在渔夫的鼓动下，绕道永武高速，观庐山西海。如此，待我们到达九江时，时予他们早就挑好了酒店，只待我们会合。

七个人，最年轻的是时予，最年长的是欣姐，都已远离青春的心猿意马，却依然没有习惯安常守故。

白居易的浔阳江和苏轼的石钟山

九江市下辖7县、3区，代管3个省辖县级市，其中包括庐山市。论面积，长沙只有它的一半多。九江有一个更出名的名字：浔阳。“浔阳江头夜送客”，长江到了这一段都得改称“浔阳江”。这是白居易的贬谪地，琵琶女的寄身所。时予放弃了流量担当庐山，选择浔阳区落脚，就是惦记这个让一个古代官员和歌女命运出现交集的地方。

我们把“大白”和途观撂在入住的酒店，打车往浔阳楼去。江南的8月，正是一年中最热的时候，我们到达长江边时已近下午5点，太阳仍明晃晃地悬在头顶，照得四周的一切金灿灿的。这个时间，也没有几个人愿意出门，江岸边空空落落。浔阳楼就这么安静立在绿树丛中，重檐歇山，黛瓦朱栏，一副惯看秋月春风的模样。但其实，它是20世纪80年代重建的，那个白居易赋诗、苏东坡题字、宋江写反诗的浔阳楼早已消失在历史的尘埃里，清康熙以后就再也查不到它的下落。气势不凡的新楼入口设在西南，檐下挂的牌匾上书“浔阳楼”三字，颇有隶书意韵，也不知是谁题写的，应该跟苏轼无关了。

这是一座外三层内四层的楼，大厅的墙上镶嵌着瓷板画，讲《水浒传》里宋江在浔阳楼的故事。沿梯而上，长江从楼外扑面而来。这里是望江的好去处，扶栏远眺，大江滔滔，让人追寻不到它的始终，只依稀辨认出对岸高高低低的楼宇。夕阳还如正午般夺目，把金属质感的光线倾洒在江面，让此处的长江也如金沙江一样金碧辉煌。赵朴初题写的“浔阳楼”匾额就悬挂在楼北的顶檐，直面长江。

新修的浔阳楼，也和千年前的那座一样，在绝佳的观景位置开设了茶室。楼里摆设着明式桌椅，似乎沿着那长板凳坐下，就可以听说书人讲古，看宋江题诗。不过眼下这37℃的高温，没几个愿意忍受热辣辣的江风来访古的，只剩下我们七人围坐在方桌旁。

从浔阳楼出门往东走，可以看到一座石塔从高耸的围墙和树荫中伸出头来。这是锁江楼塔，为明代所建，当时叫“文峰塔”，与锁江楼同龄。此地北临长江，东面是中国最大的淡水湖——鄱阳湖，域内小湖众多，与长江相通，洪水肆虐是常事。所谓锁江，是风水学上的化解之法。当时还在楼旁铸了四尊铁牛，助镇江洪。今天，锁江楼和铁牛都消失在历史里，只留下这座文峰塔。锁江楼塔被一圈回廊牢牢围住，游客禁止登上回廊，只能在廊下抬头仰望它的雄姿：这是一座六角形砖塔，共七层，线条细腻，身姿秀丽，斗拱飞檐，宛如阆苑琼楼。夕阳在它西侧投下温柔的辉光，七重飞檐映在蓝天中，檐下的铜铃随风轻荡。

南京大屠杀后，日军更无忌惮，在1938年相继攻占徐州、开封，大举南侵，6月向九江发起攻击，7月，长江上的日本军舰将炮弹打向锁江楼塔，击中三处。顽强挺过400年的锁江楼塔这一回依然没有屈服，只是塔身微微向东北倾斜。之后的8月，日军向武汉发起进攻，中国军队110万人参加武汉会战，以伤亡40余万人的代价拖延了日军的战略企图，10月27日武汉三镇全部沦陷。长江不语，却会永远记得那些不肯跪下的灵魂。

1986年，当地对饱经战火的古塔进行了加固维修，1998年再度维修。此刻的古塔虽已纠倾，仍向东北方倾斜4厘米。所以游客只能远观，不能亲近。我们无法抚慰死于战火的同胞，只有默默凝望着这座美丽却坚强的古塔，向它报以最大的敬意。

鱼和熊掌想要兼得的时予，即使已到黄昏仍然坚持要去九江的古寺能仁寺，也许明知道已过寺院的关门时间却还抱着说不定能通融通融的想法吧。她这样的做法成功过多次，但这回

锁江楼塔

能仁寺偏不让她如愿，也许人家是规矩的大寺，哪里会做出那些山间小庙的含糊事呢。这也的确是一家金碧辉煌的寺院，一切都是崭新的：鲜黄色的院墙、赭红色的大门、描金嵌蓝的门楣、石粉还没落干净的石狮。能仁寺始建于南朝梁武帝时期，不过外表真看不出它的悠久历史。门钉凛然，大门紧闭，贤贤想从门缝窥视里面，崭新的大门连道门缝也不给她留。时予不死心，带我们绕到后面，那儿也有一座六角形塔。一个年轻的僧人正在关上后院的铁门。时予疾步上前，试图游说他为我们留个口子。那头皮发青的和尚表情严肃地一口拒绝。时予转而向他打听这塔的历史，和尚傲气地答“有1000多年了”，然后不再搭理我们，径直锁上铁门。我跟时予嘀咕，这塔一股新贵气息，哪有千年的沉稳。其实，能仁寺多次兴建，多次被毁，最近一次是毁于咸丰年间，重建于同治年间。那塔距今不过100多年，而崭新的院墙应该是近期的作品。

九江于白居易，是“火烧寒涧松为烬，霜降春林花委地”。

白居易44岁前为御前翰林学士，44岁后他为前半生的正直和勇气付出代价，一贬再贬，直至贬成江州司马，一个九江地区的闲职，即他口中的“郡吏”。“住近溢江地低湿，黄芦苦竹绕宅生”，从干燥清冷的西北都城，到潮湿酷热的长江小镇，环境的变化还不是最令人难以忍受的，最让这位伟大的诗人感慨的还是心灵的孤寂："春江花朝秋月夜，往往取酒还独倾。"他"芦荻编房卧有风"的湓江，他"醉不成欢惨将别"的湓浦口，就是现在的甘棠湖一带。湓江即龙开河，几经填平、挖开，现在是甘棠湖和南门湖，成了市民游湖的公园。甘棠湖北角有一个小岛，岛上有一个烟水亭，传说是周瑜练水军的点将台，烟水亭的西侧就是曾经的湓浦口。

我们吃完晚饭，寻居易而去。甘棠湖与南门湖相邻，中间以李公堤分隔。周六的夜晚，李公堤成了人气旺盛的集市。一个接一个的地摊在道路两侧延伸开去，卖玩具的、卖衣服的、卖小电器的，应有尽有。充电式的小台灯夹在小摊上，在青白色的光里，那些或年轻或沧桑的面孔藏在琳琅满目的商品里，向每一个路过的行人投以期盼的眼神。

整个甘棠湖和南门湖简直是灯光的海洋，沿湖的护栏、堤岸旁的行道树、房屋的屋檐全装饰着五彩灯光。远远看去，灯光清晰地勾勒出湖泊的轮廓。灯光下人声鼎沸，路边卡拉OK 摊子和广场舞队伍在进行声浪的搏斗，"浔阳地僻无音乐，终岁不闻丝竹声"，白居易的孤寂和忧伤已无处可寻。

行到甘棠湖北端，有一道曲折长桥与水中小洲相连，洲上即是著名的烟水亭。烟水亭不是一个亭子，而是一组黛瓦白墙

鞋山

山庄建了好些房子，沿山坡排开，外表都装饰成木屋的样子。坡屋顶、人字椽架、木板外墙，藏在山间，颇有世外桃源的意味。可惜山间湿气大，外露的装饰木材都在长霉腐化，铝合金的纱窗破了好些洞，漂亮的阳台木栏杆到处是裂口。据山庄服务小哥说，这地方在夏天可是一屋难求，想入住得提前好久预订。可眼下，一整栋三层楼的房子就住了我们和另外一家子，房间随便我们选。坐在阳台上，看夕阳坠入远山，看星光在寂静中闪耀，霉化的墙面、潮湿的被褥、破损的门窗、开裂的栏杆全都隐匿在大别山的风华中。

白马尖海拔1777米，离我们的住地还有近千米的绝对高度。我们中仅有的两名男士自然不会放过这个登顶的机会，清晨5点，他们就擂响了我们的房门。出得门来，山庄还在沉睡，只有鸟儿在欢快地鸣叫。我们所处的位置是大别山国家地质公园白马尖园区的西端，山峰的北坡。要登顶，得一路东行，在3.5公里的距离内攀爬900米的高度。

从北坡登顶其实不是最佳选择，路途远，坡度大，如果从南坡攀登，从南天门往北，则只需要攀升400米的高度。而且，虽然我们这一路上有20多个景点，什么卧龙岗、龙蛋窝、龟背搬家、尝龙亭、四象石、崩塌堆积、美人靠、六安瓜片、刀劈石、仙人晒靴、一夫当关等等，看似热闹非凡，但其实都是地貌发育和岩石节理呈现的状态，简单说来就是大大小小石头堆出来的样子，对于不懂地质的人来说，并无多少乐趣。前半程还有一条小溪蜿蜒相随，后半程就纯粹是在山石间穿行，偶尔能在某个垭口欣赏大别山峰峦起伏的壮观，但大部分时候都只能看到石头。山间的植物都是山核桃、板栗、松树一类，千年都枝杜鹃不是开花的时候，放眼望去，基本都是绿夹灰黑。大林仗着体力好早已跑得无影无踪，年纪最大的欣姐却也是登山的好手，一面不紧不慢地登梯，一面向我们解说那些乱石背后的地质知识。惠子是爬山爬得最辛苦的一个，爬到溪水消失的地方就止了步，和我们挥了挥手转身下山。三个小时后，我们见到了等得百无聊赖的大林，他一指身后的主峰标志牌，得意扬扬地说："我都等了个把小时了，这儿啥都没有，就那玩意儿。"

这是一个陡峭的峰顶，山石嶙峋，稀稀拉拉立着几棵松树。不但站的地方狭窄，连视野也狭窄，四周山头林立，放眼望去，只有望不到头的树林。这也能解释为什么要在这个狭窄的峰顶垒起巨大的标志牌。对于游客来说，花三个小时爬上一座看不到风景的山峰，实在缺乏动力。有了这个标志牌，成就感会不会高一些呢?

标志牌其实是用山石垒成的"1777"四个数字，横跨在峰顶，大约三人高，远远看去，像是某种风格特异的房屋的框架。此时山间的晨雾已经散尽，湛蓝的天上飘着几朵浅淡的白云，阳光毫无阻碍地投射在石柱上，留下明明暗暗的光影，好像含义深远的符号。

下山时，大林自然一马当先，三蹦两蹦就不见了踪影，欣姐仍然是那副把陡峭的山路当小区步道的态度，撑着手杖不紧不慢地往下走。渔夫却不放心，跟着她放慢了步子。这个时候，渐渐有了上山的游客。几乎每个人都在气喘吁吁地问我登顶还有多远，我基本上都回答："快了快了，转过这个山头就是。"再往下，遇到几个裙衫飘飘的女人，她们问了我同样的问题。我看着她们脚踏的"恨天高"，终于诚实了一回："你们还是就在溪水边玩玩算了。"

一个半小时后，我们终于回到营地。此时阳光驱散了夜晚的湿气，木楼沐浴在金辉里，四周的松林在微风中轻轻摇曳。时予在阳台上摆开茶席，我和欣姐坐在茶席旁，四五个小时高强度运动后，在悠悠的山风中缓缓端起精绘着花鸟鱼虫的小茶盏，听时予用玄妙的语言点评茶水，幸福感比任何时候都强烈。

我们中午离开大别山度假山庄，继续深入安徽的核心地

白马尖

大别山的落日

带。

安徽地跨淮河和长江，被江西、山东、河南、湖北、江苏、浙江包围。新石器时代长江中下游就产生了灿烂的文明，安徽马鞍山的凌家滩文化是其中之一。面积达220万平方米的凌家滩遗址显现了距今5800年至5300年前的城市痕迹，祭坛、墓葬、住宅、壕沟，说明那个时候，皖南地区就已经进入文明时代。

如今，我们站在这片土地上，仍然被先民们的智慧折服。

这是一片浩大的水面，一眼看不到边界。它波澜不惊，像一面巨大的镜子，倒映出天空的蓝色。我们沿水域的一侧开了好几公里才找到两层楼高的闸门，闸门那头是一条普普通通的小河。这样一条小河聚不成浩大的湖泊，这个湖泊显然不是天然的。

现在它叫安丰塘。但在历史上，它有个不寻常的名字——“芍陂”。这两个字虽然不常见，但拆开来，大家基本都能读出来。所以，当我们站在黑色大理石的国家重点文物保护碑前时，渔夫很自然地喊了出来：“勺皮。”

我知道它不念“勺皮”，而是念quèbēi。不是我识字多，而是我刚刚在对面孙叔敖纪念馆的解说栏上看到了它的注音。此后，我们把读出这个地名当成了个游戏，玩的人都差不多和渔夫一样的反应，唯有一个朋友念出了正确的读音。我对她表示赞叹，她却说："这是中学历史教材上的啊。"她是中学历史教材的编辑。

这是中学历史教材上浓墨重彩的一笔，也是中华文明傲立群雄的证据：安丰塘，古称芍陂，2600多年前由楚国丞相孙叔敖修建，是中国最古老的水利工程。

2600多年前，束长发着深衣的楚国人建起的浩大工程，在今天仍然闪烁着智慧的光芒。他们蓄淠河水建起的芍陂，已经成为34平方公里的反调节水库，是淠史杭灌区的一部分。而淠史杭灌区，是新中国建立的最大灌区，滋润着安徽省和河南省1198万亩田地。在多次维护和重修后，孙叔敖创设的水门调控体系，仍在"水涨则开门以疏之，水消则闭门以蓄之"。

而淠河入淮河的地方，正是安徽寿县。

在夏朝，寿县是禹定九州的扬州的属地。周朝时它是蔡国的都城，战国时它是楚国的都城，直到秦灭六国。楚国号称800年历史，以公元前223年寿春被攻破而宣告结束。但"楚虽三户，亡秦必楚"，就在寿春之战16年后，楚人项羽一把火烧了咸阳宫，"楚人一炬，可怜焦土"，算是为寿春复了仇。

现在的寿春是一个镇子，镇中完整地保留了宋代城墙。宋城墙不算太高，大概三层楼的样子，周长也不过七八公里。

1000多年的时光让寿春长大了20多倍。在古城内径直往东走，就是古城墙的宾阳门。东宾阳、南通淝、西定湖、北靖淮，这是宋代寿春的四个城门。宾阳门下护城河绕城而过。这是古代的淝水，此次河水泛滥，已淹没了通往城门道路。但就算水淹到了门前，小城里也丝毫不见水患的迹象，宋代的工程质量值得称道。在宾阳门上往北眺望，连绵的远山掩藏在一层层树影后。那里是八公山，是五胡乱华后东晋政权扬眉吐气的地方，是陈郡谢氏作为世族最后一次迸发出绚烂光华的地方。

公元316年开始，北方大乱，西晋灭亡，汉族政权只得南下迁居长江流域，史称“衣冠南渡”。之后，在北方，匈奴、鲜卑、羯、羌、氐等少数民族纷纷建立政权，割据一方；而南渡的汉族人在建康扶植司马睿登基，建立东晋。氐族人苻坚率军北吞鲜卑，西占前凉，一统北方。晋朝自建立以来，一直由门阀和世族制定游戏规则，中央政权控制力弱。东晋的北伐由于各种原因基本失败。前秦摧枯拉朽的攻击力给了苻坚极大的自信，这个站在北方权力巅峰的男人决定实现一统江山的梦想。当臣下以长江天险劝阻他时，他一意孤行，认为军队可投鞭断流。相传383年苻坚亲率60万步兵和27万骑兵出长安，一路南下，过项城、克寿阳，至淝水之畔，前秦陈兵25万，天下之主的位置似乎唾手可得。

但他的对手是谢安，这个“寄傲林丘”的谢家浪荡子，直到朝中谢氏权力受到威胁后才肯出仕，“东山再起”时已是40多岁。“但用东山谢安石，为君谈笑静胡沙”，谢安一出山即展现不同凡响的气度。面对苻坚强大的兵力，他坚定主战，一方面调和谢桓两家矛盾，令桓氏动用荆州兵在淮河上游牵制前秦兵力，另一方面令侄子谢玄率北府兵沿淮河西上，迎战主力。

这是一场兵力悬殊的对决。东晋北府兵虽训练有素，但人数只有8万。8万对80万，按常理，这是一场悲壮的向死之战。

陈兵淝水之西的苻坚打着“速战速决”的算盘，执意半渡淝水以击东面的北府兵。谢安却丝毫不顾兵力悬殊，采用攻势先声夺人，一路西下，打到了淝水东侧的八公山。

站在寿阳城头的苻坚看到对岸晋军整齐的队列、密布的战船，开始心神散乱。在他眼里，晋军远远不止岸边这些，八公山上参差不齐的草木都是东晋的兵马。之前投降前秦的朱序等人在秦军的后方大声呼叫“前线败了”，前秦的20多万先头部队乱成一团，晋军趁机渡水突击，秦军溃不成军。恐慌中，风声和鹤鸣都被当成了晋军追兵的声音。苻坚一口气逃回北方，丢掉了70万大军，丢掉了统一的北方，两年后丢掉了自己的性命，留下了“投鞭断流”“草木皆兵”“风声鹤唳”等成语。

淝水之战后，东晋收复了黄河以南故地。在淝水之战中起到决定性作用的谢安、谢玄叔侄，却遭孝武帝猜忌，归隐避祸，谢安385年病逝，谢玄388年病逝。

如今，我们站在宋代的城墙上，想象自己是眺望八公山的苻坚。宾阳门外东北方的那座山虽然草木葱茏，却仍然是草木，不见锐利的长枪、弩机。城墙下，涨水的护城河虽然已经淹没了小跨桥，却仍然只是平静的浅河，河上行驶的只能是小船，对于20万大军来说，应该不会构成太大的威慑。不知是当年的草木更繁盛、河流更汹涌，还是今天的人已经彻底抛弃了天真。所谓沧海桑田，也包括人心。

齐鲁青未了

我们一路往北，半天之内跨越三个省：安徽、河南、山东。

出了芒砀山，进入山东南部的丘陵地带，沿路不时隆起一两个小山丘，不知道这些小山丘里，有没有黄泥冈。

900多年前，北宋的一队官兵从北京大名府往东京汴梁运送10万贯财宝，走进了这些小山丘里。结果财宝被劫，送礼方梁中书表达了孝心，收礼方蔡京得到了面子，押送官杨志和劫财贼晁盖等八人都占山成匪，造了宋徽宗的反，引出了一部轰轰烈烈的《水浒传》。

山东中部山地突起，平原盆地和山地丘陵交错环列，山多，平原多，丘陵也多。勤劳的山东人民祖祖辈辈在田地里刨食，刨出了家人的生计，刨出了灿烂的农耕文明。但如果政治动荡不安，这里的丘陵和山脉便给了人们另外一种选择：拦路剪径、占山为王。所以丢了生辰纲的杨志无法再吃官家饭，转

江与湖

身占了二龙山，晁盖、吴用几人分了财宝露了马脚，也只能上了梁山，走到了官府的对立面。

历史上的宋江起义是在1119年，宋徽宗宣和元年。徽宗时期，朝政腐败、民不聊生。真实的宋江起义，也是因为官府把八百里梁山泊水域收归公有，对任何经济都课以重税，生生把捕鱼采藕的百姓逼成了盗匪。

八百里梁山水泊到今天早已面目全非，现在的东平县、台前县、梁山县、汶上县都是当年的梁山泊。梁山泊兴因黄河。上古九泽之一大野泽在巨野县北，本是古济水汇集而成，在黄河的不断决口和改道中，不断向北迁移，浩瀚水域汇聚到梁山脚下，成为梁山泊。梁山泊亡也因黄河，南宋时旧河道断流，让梁山泊逐渐干涸，退化为大片田地。

车子开进东平县，青碧色的水面徐徐展开。这是上古大野泽、宋代梁山泊的最后遗存——东平湖。就算只有梁山泊面积的三分之一，东平湖也是一眼望不到边的大湖。虽然这儿已经是北方，但夏季的高温依然不放过它，东平县也并没有因为大湖而显清凉。湖面似乎蒸腾起热浪，一波一波地向岸边袭来。一丛丛芦苇阻挡了人们的视线，游湖的小机轮三三两两地停在芦苇荡里，被太阳晒得无精打采。我们顶着大太阳，在热浪中登了船。

小机轮驶离了近岸的芦苇丛后，湖面开阔起来。远远看去，碧波倒映着落日的金辉，随着机轮的马达一荡一荡涌向前方，前方却是更加浩瀚的水面，颇有些大湖气象。大湖不只有水，还有小岛。小船“突突突”地驶近了其中的一个，便关了马达。司机说，那上面是电视剧《水浒传》的拍摄地，修了许多仿古建筑，平时载游客上这聚义岛游玩是游船的标准行程，现在，小岛已经关闭，我们就只能在湖上远观了。此时太阳已经西倾，余晖从半天中画了一道斜线下来，小岛藏在金光里影影绰绰，只让人依稀分辨出密集的树林和四面坡的屋顶。

这时西边的天际线变成了不规则的平缓曲线，那是湖西岸的山。司机说那儿是腊山和六工山。那儿是瓦岗军李密的留驻点，是孙思邈的采药处，是丘处机的修行地，是程咬金的故乡。施耐庵让梁山好汉在这儿起兵更符合他们“天罡地煞出泉台”的来历。我们和山还隔着大片的水域。这是东平湖的北端，继续往北，就接入了小清河。小清河通过引水渠连接黄河，洪水时，可以接蓄黄河水，蓄水量达到20亿立方米。

中国的水利工程在各大文明体中一直处于领先地位。历朝历代都把兴修水利作为施政重点之一。从春秋时吴国开凿胥溪开始，统治者就没少打挖运河的主意。隋炀帝开挖大运河，甚至引发了政权的崩溃。终唐一朝，就没有中断对运河的维护。

元朝定都北京后，开挖京杭大运河，明清两代，运河漕运的地位空前重要，中央政权设置漕运总督和河道总督进行专门管理。直到1855年，黄河决口改道，夺大清河入海，京杭大运河全线断航，再加上河运在交通运输体系中地位的下降，大运河才不再担当南北大动脉的角色。

山东正是大运河的关键所在。大清河上溯三十公里接入大汶河，划分大清河和大汶河的就是被誉为“运河之心”的戴村坝。筑坝是为了给运河注水，解决南旺镇地段运河因地势抬升时常干涸的问题。站在大坝北端，可见大坝并不是一条直线，而是一个南端向西折去的“手杖”。大汶河从东面滚滚而来，冲过高高筑起的大坝，向西奔涌而去——从这里开始，它就叫大清河了。我们在北端看到的只是大坝的三合土坝和太皇堤，这些都是为保护主石坝、减缓水势、帮助泄洪而设置的。最具技术性的是南端的主石坝，就是“手杖”向西折去的那段。戴村坝对运河的重要性就体现在主石坝的位置和设计理念。主石坝又分三段，从北向南高度依次降低以达到分泄河段超额洪水的目的。平时，大汶河水大部分会分流到大清河，注入东平湖，小部分水被引导至最南边的滚水坝，落入南边的小汶河，小汶河继续南下，在南旺镇往西注入大运河。当大汶河涨水时，水会漫过滚水坝往西流淌，从而保护小汶河的安全。

但我们没有上帝视角，即便站在戴村坝也很难明白这只大型“手杖”有何精妙之处。后来我在山东博物馆的“山东古代科技展”中看到南旺分水枢纽的沙盘，才算看懂了戴村坝的伟大：戴村是南旺运河一带的制高点，邻近水量丰沛的大汶河，从南旺的北边引大汶河水下来，既有水量保证，又符合水往低处流的规律，而承接大汶河的大清河又方便泄洪，进一步保护证了运河的安全。

有上帝视角的这个人叫白英，明朝时山东汶上人。明成祖诏令重开运河，时年48岁（一说55岁）的白英提出了在戴村筑坝、引汶济运的计策。戴村坝只有短短的1599.5米，却控制了8537平方公里的流域面积，约占大汶河流域面积的80%，其位置的关键性可见一斑，怪不得被称为“南旺分水枢纽”。白英原为汶上县的运河民夫领班，俗称“老人”，在历史上只留下献策建坝的记载，即使他后来被尊为“功漕神”“永济神”，生平记载也并不翔实。鸟瞰运河全貌、洞察戴村的核心地位并提出“破旧坝、挖新河”的具体工程实施方案，无一不需要超越时代的智慧。一个没有任何知识和技术背景的人，是如何获取这份智慧的，我们永远不会知道了。中华民族文明的传承，不仅仅托赖于史书记载的改天换地的大人物，如白英一样一生只做好一件事的普通人，更是文明的坚实基础。

戴村坝

北望燕云不尽头

幽州、顺州、儒州、檀州、蓟州、涿州、瀛州、莫州、新州、妫州、武州、蔚州、应州、寰州、朔州、云州。

这一个个名字显得十分熟悉，却又那么陌生。

在挣扎于华夷之辨的古代政权里，这十六个州是生与死的边界：中原政权强盛，能以其为门户；北方游牧民族若想染指江南，须以其为起点。

这些名字所指称的地方，今天是华北地区的重要城市。历史在这些名字里嵌入的烽烟与槊光，早被现代生活消解得无影无踪。居住在这里的人们，关心的已不再是金戈铁马，而是平凡的日常。

而我们就在这些高速公路四通八达、高楼大厦林立的土地上，寻访当年的烽烟和槊光。

河间市，得名于汉高祖设的河间郡。今天的河间市并无像样的河流，但《禹贡》说："导河……北过降水，至于大陆；又北，播为九河，同为逆河，入于海。"意思是大禹疏导黄河，向北经过洚水，到达大陆泽又向北，分成九条支流，再合成一条逆河，流进大海。大陆泽向北，黄河入海之前，在九条支流之间，就是"河间"。历史上黄河在华北平原的肆意横行已经到了丧心病狂的地步。据文献统计，从先秦到新中国成立前的三千多年间，黄河下游决口达1593次，重要改道26次。据清代地理学家胡渭考证，西汉时期黄河是在今天的黄骅市东入海。黄骅市在河间市东100多公里。河间地处冲积平原，正是古河道冲击形成的地貌。

河间西距石家庄约200公里，东距秦皇岛约400公里，南距邯郸约300公里，北距承德约400公里，是南连中原、北倚长城、西望朔州、东入渤海的要害之地。对于河北省，它差不多是在中心地带，对于燕云十六州，它在最南端。瀛州这个名字，在历史上还用在更南的潮汕地区，但最广为人知的还是河间的瀛州。后晋时石敬瑭把瀛州献给了契丹，22年后，后周柴荣又从辽国手里夺了回来。北宋大观二年，瀛州改为河间府，从此瀛州这个名称就消失在历史长河里。

河间府署的大规模兴建始于北宋。包拯在纵横南北的宦游生涯中，有一年多的时间知瀛州；苏东坡的大儿子苏迈，在元祐五年出任河间知县，那是在他陪同苏东坡探访石钟山之后的第六年；苏东坡的密友蒋之奇，则在第二年任瀛州知州。

河间建府虽然起于北宋，但成为“京南第一府”则是明朝才有的事。在徐达、常遇春攻占元大都后，河间就迎来了它的黄金时期。因它守卫着北京的南大门，故称“京南第一府”，与保定、济南、开封同为京南名府。清朝沿袭旧制，河间仍是“京南第一府”。民国后河间府被废，河间逐渐丧失了地理上的重要性。

为了配得上“京南第一府”的名声，如今重建的河间府署规模不小，在河间市交通状况复杂的老城区里占了83.7亩地。虽然这是原址复建，但近百年的跌宕起伏，原址早已成为市井生活的一部分。河间市却在复原的府署大门前清出了一大片空地，金边匾额、金字对联、彩绘梁栋和斗拱、灰瓦庑殿、垂脊吻兽，让人追忆昔日的辉煌。府衙屋檐下两侧还立了“诬告加三等”“越讼杖五十”等石碑。重建的府署从大门开始，忠实地复原了仪门、大堂、穿堂、二堂、三堂和内宅等建筑物，并在穿堂和三堂的位置展示了明代的二堂地面遗址和清代的取暖火道遗址。它完整地再现了古代官衙内宅和后花园。其中后宅是传统的四合院形式，一侧厢房里设置了知府颜胤绍与夫人弈棋的蜡像，整座河间府署还放置了包拯、蒋之奇、苏迈等人的蜡像，与他们相比，颜知府夫妇并不出名。崇祯十五年（1642）闰十一月，清军取得松锦之战胜利后，绕过北京，进攻河间。知府颜胤绍、参议赵珽、同知姚汝明、知县陈三接坚守拒敌。城破，四人与其家属全部殉国。颜胤绍“趋归官舍，举火焚室，衣冠北向再拜，跃入火中同死”。

两年后，李自成攻陷北京，崇祯帝吊死在煤山，以死亡维护了作为皇帝的尊严。

从崇祯二年到崇祯十五年，清军对中原帝国进行了六次攻击。每一次南侵，都是避开山海关，绕道蒙古，从山海关西面攻入。这是因为清军无法攻克明朝在山海关、宁远、锦州构筑的防线。山海关位于燕山南侧，渤海北面，是冀辽的分界线。明朝在朱元璋时期就开始修筑长城，山海关是明长城的重要关城。1626年，宁远大捷后，袁崇焕主持重建关宁锦防线，南段由山海关到宁远修建了100公里的城防工事，北段在宁远、塔山、松山、锦州和大凌河间也修建了100公里的城防工事。从天启六年（1626）到崇祯十五年，关宁锦防线为大明守住了北方前线，皇太极不得不采取联蒙战略，发动松锦之战，从喜峰口、宣府、大同、河套地区进攻中原。直到1642年清军大胜，夺取松山城，俘获洪承畴，明朝失去了关宁锦防线，也失去了与清军在关外抗衡的力量，覆亡的结局由此战奠定。

长城，堪称史上规模最大、修建持续时间最长的军事防御工程。从周王朝的列城到清代的大范围维修，修建了2000多年，城墙和相关工事总长度超过2.1万千米。从现存的4.3万余处长城遗址来看，它的修建是因地制宜的：有用砖或石块在山脊线上垒起的城墙和烽火台，有沿山崖或台地深挖的壕堑，有在要塞地区修建的关城。长城基本上分布在古代农耕文明区和游牧文明区的分界线上，等于在中国北部的土地上横向画了一条线。

太行山脉和燕山山脉把北京包围，形成一个向东南展开的大山湾，成为从蒙古高原和辽东半岛进入中原的天然屏障。明成祖朱棣放弃了富裕安全的南京，在山海关西侧不到400公里的北平建都，固然有就藩的情感因素，更多的是对北京战略位置的重视。他将首都与前线捆绑，把快速的军事调度作为首都的重要功能，一生中更是多次亲征蒙古，以身践行“天子守国门”的誓愿。也许正是基于这种置身前线的紧迫感，明朝从洪武帝到崇祯帝，都在修建长城，明朝也是最后一个大规模修建长城的王朝。

在北京密云的古北口长城，是明长城的重要关口，它利用东面蟠龙山、西面卧虎山、北部潮河峡谷的险峻地势，锁住了北京的东北门户。在古北口修筑长城，是自北齐始，但明洪武年间徐达开始修筑燕京一带长城关口，古北口长城才成为燕京门户。隆庆年间，戚继光将之加固修复，古北口长城因而成为明长城最坚固雄伟的一段。司马台长城在古北口长城的最东端，目前保留下来5.4公里城墙和35座敌楼。历经战火和岁月变迁，这些城墙和敌楼仍然顽强地坚持了下来，虽然也有坍塌和风化，但基本上能看出明代的原貌。

就在司马台长城西侧的山谷间，投资者圈了司马台村的一大块地兴建古北水镇。入口处悬着四个字：京师锁钥。景区里错落着不同时代的建筑，小溪在其中弯转曲折。我第一次进古北水镇时，真以为是古镇改造成的，还想当然地认定这是依水而居。但即使驻军能衍生出民居，也不会是这么风格复杂、功能齐备的小镇。所谓“京师锁钥”，守的是身后王朝的核心，守卫者不会自己兴建一个宜居的小镇。一直处于防守前沿的司马台，哪有本钱来玩曲水流觞、庭院深深。就连小镇里的水，也是后来扩大的。潮河是一条南北向的河流，穿过北京东部，汇入密云水库。在密云水库东北部，潮河向东分出一条支流，流过司马台后，消失在山岭间。也许因为在司马台附近有温泉，这条河被称为汤河。1977年为控制汤河，司马台村附近修建了水库，这就是古北水镇引水的来源。当然，在荒岭进化成水镇后，朴实的司马台水库也就成了鸳鸯湖。

入夜，喧嚣的景区又变换了热闹的款式。繁密的灯光不但把小镇照成了金色，也给司马台长城勾勒出了一条曲折向上的光带，光带里隐隐约约传来嬉笑声，那是人们在夜游长城。给长城架灯的好处是长城的险峻尽收眼底，坏处是没有哪颗星星敢与灯光比亮。长城应该早已习惯了烽火划开的黑夜，如今却身披着满含娱乐意味的亮光。按波兹曼的说法，娱乐是对文化的消解。而放到长城身上，娱乐何尝不是对毁灭的反击呢。

从北京往西，我们从地理上的第三阶梯跨入了第二阶梯。

“左手一指太行山，右手一指是吕梁。”车里欣姐和大林唱起了民歌。太行山是第二阶梯的东部界线，吕梁山则在山西西部的黄土高原上。“左手太行右手吕梁”，就是在这儿面向南方所见的情景。恰好这两座山大致圈出了山西的地理范围：两山夹一川。

在山西北部与太行山共同组成第二阶梯界线的，是由西南往东北划开大同盆地与忻州盆地的恒山山脉。

我们慕名已久的悬空寺就在恒山脚下的金龙峡西侧翠屏峰

悬空寺

觀

的峭壁上。

一路进山，路面显得尤为泥泞，道旁的栏杆也是灰头土脸的样子，似乎在提示路人这里是煤炭大省。之后在山西境内，我们见得最多的就是重型卡车，几十个大轮子在路上轰隆隆地滚过去，令人胆战心惊。

我们沿着十里河进入峡谷。两侧几乎笔直的石壁上可以清晰看到不同时期的岩石层肌理。据老地质队员大林和欣姐说，这些岩石大部分是石灰岩，也有小部分火山岩。悬空寺就挂在右侧石壁上，距谷底不到百米。在刀削斧劈的石壁间，那一线高高低低的庙宇显得格外单薄脆弱。然而，1500多年过去了，对面天岭峰的山壁都坍塌了一大片，悬空寺还好好地悬在石壁上。这座寺院分成南北两段楼，两楼长约7至8米，宽不过4米，当中以长线桥相连。楼和桥都覆有精巧复杂的屋檐，从下面看去，重檐勾栏，红墙金顶，跟矗立在平地上的庙宇没什么两样。楼底有长长的木杆斜插入石壁，似乎是这些细长的木杆支撑了整座寺院。但其实这是古代建筑师玩的障眼法，真正撑起整幢楼宇的是横插入石壁的木梁。横梁将建筑的重量分摊到石壁里，下面的立柱不过起辅助作用。

空中建寺源于北魏新天师道寇谦之“上延霄客，下绝嚣浮”的心愿，他的弟子们替他达成了心愿，于491年建成悬空

悬空寺的背面

寺。因此，悬空寺最先是一座道观，而现在它的40多间殿堂，有佛堂，有纯阳宫，有三官殿，崖壁上还凿出了一个山神庙，供奉着观音、吕洞宾、天官、地官、水官、山神。甚至还有“三教殿”，左孔子右老子，当中坐着释迦牟尼。如此包容性强的安排，大大提升了悬空寺的受众缘。悬空寺经过历朝历代屡次修缮，现存的殿堂和菩萨，都是明清修缮后的结果。

从悬空寺所在的恒山西行，可以遇见另一座令人惊叹的佛塔——应县木塔。这座名为释迦塔的木塔位于辽兴宗继后萧挞里建的家庙佛宫寺内。从悬空寺到释迦塔，距离50多公里，跨越500多年，两者却有着奇异的联系：都是木制建筑的典范，都是在非汉族的政权统治下建造的，一个是鲜卑族拓跋氏的北魏政权，一个是契丹人的辽朝。

契丹起源于北方大草原，早期混战于北方各个氏族和部落中，到唐朝时已成为东北方不容忽视的一股势力，唐太宗让大贺氏部落建松漠都督府，赐大贺窟哥姓李。武周时，李尽忠反武则天自立为汗，武则天无可奈何。尽管玄宗以永乐公主下嫁、赐松漠郡王和左金吾卫大将军的称号暂时保住了松漠府，但其后，唐朝与契丹不断爆发大规模战争。安史之乱后，契丹迅速崛起。唐朝灭亡后，契丹的耶律氏家族兴起，耶律阿保机称汗，这也是史书中确定的辽朝的开始。到1125年辽天祚帝被金人俘虏，辽朝持续了218年。

200多年的历史里，有开疆拓土，有凶残内斗，有“千载助兴王”，有“恰恰语娇莺”，有英雄美人，有奸佞妖孽，上演了一部历史大剧。

如今的应县不过是山西省朔州市下属的县，但当时的应州可是处于辽朝的经济和文化中心地带。辽兴宗的继后萧挞里为礼佛，在应县建家庙，辽清宁二年（1056），一座八角攒尖顶的五层木塔释迦塔建成。辽朝在圣宗时期开启了四方来朝的兴盛时代，辽宋息战、边界扩张、执政有度、经济繁荣，眼看着能够“子孙皆宜守，世业当永昌”。但继位的兴宗却并不是一个兴盛之主，兴宗在位时，辽朝经历了太后揽权、皇亲夺位等内部争斗，西夏反击带来外部环境恶化，圣宗留下的政治遗产被兴宗挥霍一空，国运由此转衰。

释迦塔建成的前一年，兴宗已经驾崩，萧氏的长子继位，为道宗。萧氏在辽国是一个特殊的存在，9任皇帝，有21位后妃出自萧氏。萧氏来自契丹族的乙室氏和拔里氏，据《辽史·后妃列传》，“后族唯乙室、拔里氏……太祖慕汉高皇帝，故耶律兼称刘氏，以乙室、拔里比萧相国，遂为萧氏”。萧氏在辽朝的地位几与耶律氏齐平，辽朝的后妃、相国、驸马大多出自萧氏。辽朝就是耶律氏和萧氏的辽朝。

兴宗的第一个皇后萧三蒨来自萧绰家族，在萧耨斤的清洗中败北被废。萧耨斤迅速让自己的侄女萧挞里上位。萧挞里与兴宗的关系融洽，虽然兴宗与其母决裂，也没影响萧挞里的地位。她为兴宗生了两子两女，长子耶律洪基继位为道宗后，萧挞里升位为太后，彻底稳固了自己的地位，于是为萧氏兴建家庙。这一修，直到南宋庆元元年、金明昌六年（1195），才增建完成，其间耗费139年，此时辽国和北宋都已灭亡，萧氏早已投降完颜家，成了金国的属臣。

如今的应县县城，木塔景区占据了最显眼的位置。砖石的佛院都不知修了几轮，这座纯木结构的五层八角塔还矗立在寺院的中轴线上。在没见到它之前，总想着一座木塔能有多大，亲眼见了，才明白底座直径30.27米、塔高67.31米是个什么概念：站在前坪，甚至无法轻易把整个塔身完整收入镜头。八角形屋檐的折线在眼前铺展开去，瓦灰色的六重屋檐插入砖红色的楼阁间，使整座建筑像一段旋律不停重复的乐曲。尽管释迦塔是世上现存木塔中最古老且最高大的，但最令人称道的还不是它的年纪和规模。走到屋檐下，可以看到方木条组成各种复杂的结构，连接了屋檐和梁柱。这就是中国传统建筑中宝贵的智慧结晶——斗拱。释迦塔使用了54种斗拱结构，堪称“斗拱博物馆”。

古代匠人为了加强立柱和横梁之间的承重连接，使用方形的木条，以榫卯的方式搭成复杂的结构，将屋檐的重力分散传导到横梁和立柱上，有效地保证了建筑的稳固性。这也是在没有水泥灌注的时代，大屋檐能够稳稳当当架在梁柱上的原因之一。斗拱的结构方式复杂多样，同时匠人们还偏爱在斗拱上描金绘银，导致人们以为斗拱只是装饰物。随着建筑学的发展，人们渐渐放弃了斗拱与梁架紧密结合的建筑方式，像释迦塔这样保存完好、形制复杂的斗拱建筑已是世上的唯一了。

我们站在远处，可以明显看到塔身往东北倾斜。释迦塔熬过了漫长的岁月，在金灭辽、蒙古夺金、明收复燕云十六州、清兵入关等历次古代战争中都安然无恙，却在现代遭受了两次重创：1926年冯玉祥和阎锡山大战，木塔中弹二百余发；1948年解放应县，木塔被12发炮弹击中。1933年，木塔的夹泥墙被改成木隔扇，影响了木塔的承重结构，加剧了倾斜的程度。1999年以来，山西省一直试图修缮木塔，方案几经研究、测试，无一能正式落地。时至今日，它仍在继续往东北倾斜。木塔持续倾斜，禁止登楼是理所当然的了。好在一层还是可以进入参观的。我们在书有“万古观瞻”的匾额下进入南门，一层供奉的是一座高大的释迦牟尼塑像，塑像身披深红色福田衣，巨大的佛像几乎顶到了花纹密布的藻井，佛像四周的墙壁上绘着佛教

应县木塔

壁画。静默的参观者在坐佛和壁画间狭窄的空间里，费力地仰头感受菩萨垂眉和金刚怒目。进入塔里，在供奉菩萨的内室与木塔外墙之间，还有1米左右的空间，木塔就像一只内外两层的双套桶，从外看是五层，实际却有九层，因为各层间还有暗层。暗层不仅躲避了“九为至尊”的犯上之嫌，还设置了斗拱平座结构和各方向的支撑，有效地增强了木塔的稳定性。据说这种结构就是木塔抗震的强大法宝。在木塔兴建后，山西发生过四次大地震。一个木构的67米高塔，经历千年风雨，仍稳稳地立在那里。

从内蒙古二连浩特到山西长治的208国道，在穿过雁门关西这一带格外曲折，在恒山山脉间来回盘旋，号称“雁门险路十八弯”。翻越一个个山峰时，雁北高原的群山在脚底绵延铺展，双车道的公路上重卡川流不息，略显可怜的小车在庞大的箱车或罐车间小心翼翼地溜过。这是一条繁忙的公路，车流时不时还得彻底停下来等着拥堵缓解。

雁门关坐落于恒山山脉西南段的雁门山山脊，北临大同盆地，南临忻州盆地，其东过平型关进入幽州，其西过宁武关可至黄河，往北进入朔州，往南直抵太原。真是一个理所当然的兵家必争之地。据《穆天子传》，公元前1000多年时，周穆

雁门关

王姬满于戊寅这天北上，到达漳水，乙酉这天，他率军在当水之阳与戎部落打了一场大仗，周军大胜。雄心勃勃的周穆王在甲午这天率大军跨过隃之关隥，一路向西，在渗泽畋祭河神，在燕然山办朝会，在积石之南河对自己的八骏六犬四御夸赞了一番，还说了几句自责的话，觉得自己“一人不盈于德，而辨于乐，后世亦追数吾过乎”。直到周穆王十七年，在瑶池边宴请西王母，深情款款地向她许诺：“比及三年，将复而野。”西王母也柔情似水地唱和：“世民之子，唯天之望。”周穆王在弇山之石上刻下“西王母之山”，并在旷原猎鸟、飨客、奏乐，兴尽东归。晋郭璞注：“疑此谓北陵西隃。……隃，雁门山也。”

明张岱的《夜航船》对雁门关名字的来历有一个神奇的说法：北雁入塞，必衔芦一根，掷之关门，然后飞入，如纳税然，芦柴堆积如山。这恭驯得有点过分的大雁纳税始于何时，张岱没有告诉我们。但雁门关作为雄关的历史，开启于2000多年前的赵国。战国四大名将之一的李牧长年在此驻军，破匈奴十万，此后秦始皇在此修长城，卫青、霍去病依此大败匈奴，王昭君从此出塞，杨家将在此与契丹人缠斗，杨业在此为国捐躯。雁门关始终是中原抵御外敌的地理军防保证。元朝时关城被毁，明朝重建长城时，又沿旧关要道，把关城向东北推进了十里。明清后虽屡建新关，但因中原与草原终成一国，作为内长城一部分的雁门关渐渐失去了防守作用。

我们到达雁门关北门的时候，天色已经不早，太阳从翻腾的云层中顽强地洒下金光，青灰的天空、绿灰的山峰、瓦灰的城墙，让这个山脊在灰色的山系里透出不同寻常的厚重。也许这就是历史的分量。如今这儿早就成为成熟的景点，南北两个大门里都建了酒店。

作为扼咽喉之地的雁门关，其建筑屡建屡毁。现在的雁门关景区，有30平方公里之大，大体是按照明朝的关塞规制修复的。从东南方关南古道的前腰铺向西北斜伸上去，到关外的后腰铺驿站，在山脊的险要隘口间圈出一个近似腰形的地块。从西北进入雁门关的第一道门户就是明月楼。眼前这幢两层楼，底层的砖券洞台基有三孔门洞供人出入，上有石额书“雁门寨”，上层是单檐歇山顶木楼。“明月楼高休独倚，酒入愁肠，化作相思泪。”雁门关的明月楼，没有提供诗意的功能，它守护的是雁门寨，清时又称明月村。在中原和塞外的分界处，这个村落应该留下了很多民族交融的印记。如今的明月楼里，是景区的民俗村：整齐的青砖瓦房嵌着明艳的黄漆门窗，通畅的沟渠上立着方正的青石护栏，沿街铺陈的木制招牌中挂起一串串红灯笼……倚在这样的明月楼上，一切愁肠都会被明亮鲜艳的生活给消解。一家家相似的瓦房里卖着南北通吃的商品，颇有天涯咫尺的喜乐感。

穿过民俗村，就是关楼和城墙围成的关城。整个关城由西边的地利门（宁边楼）和东边的天险门（雁楼）卡住关道，关署设立其中。南北依雁门关隘口各设城堡，与长城相连，构筑了一个与山脊融为一体的防御系统。从西边进入关城的我们，犹如当年的塞外归客，首先进入瓮城。瓮城的砖石拱门两侧是一副气势恢宏的对联："三边冲要无双地；九塞尊崇第一关。"笔力干净，字迹清晰。与之相反，拱门上石匾"雁门关"三字边际模糊，字迹浅淡，与对联完全不是一个时代的产物。对联原为傅山所题，与城楼一起损毁于日本侵华战争。现在的对联是2010年复制的。傅山是一个传奇人物，诸学无所不通，集思想家、医学家、艺术家、武术家于一身，他跨越明清两朝，为正义与明廷斗，为气节与清军斗，告过明朝的官，坐过清朝的牢，一生特立独行。康熙帝以"博学鸿词科"笼络汉族名流，他干净利落地拒绝到底，至死不入清廷。傅山的形象很适合武侠小说，在梁羽生的《七剑下天山》等书中，傅青主是无极派大宗师，医术精妙、剑法精深，纵横江湖，行侠天下。傅山本人的故事，其实比小说更传奇。在现实世界里，他遭遇的家国之痛和理想之难是一个无解之题。生活在腐朽的明

瓮城拱门

末和残暴的清初，他的才华注定被浪费，他的作品也在动荡的时代里遗失散落，只留下一鳞半爪。“生死即旦暮，男儿无故乡。血丹中土碧，骨白高秋霜。”他至死“目难瞑”，世上没有哪一部武侠小说能够写出这样的痛。

穿过地利门，往东出天险门，就是进入雁门关内了。一条青石板路从关城向关内延伸，铺路的青石板长度甚至超过了1米。巨大、坚硬的青石板呈现出起伏的曲线，不知道是多少车轮碾压出的。沿着这条路往关里走，有一块分道碑，是乾隆三十六年（1771）所立。其时关道繁忙，车辆并行时经常堵车，代州知州只得另开车道，立碑要求“凡南来车辆于东路行走，北来车辆由西路经由”。此时距傅山因“朱衣道人”案入狱已经百余年。这一百年里，英国逐渐超越荷兰，成为新一任海上霸主，法国和西班牙在世界各地抢夺殖民地，奥斯曼帝国由盛转衰。工业革命前夜的世界，地域的制约和僵化的管理已经受到强大的冲击，经济发展和人口流动以前所未有的速度席卷全球。中国在乾隆平定准噶尔汗国后疆域达到顶峰，北达唐努乌梁海地区及西伯利亚，西至帕米尔高原、巴尔喀什湖地区，雁门关成为交通要道，关城作用消失殆尽。

今天的雁门关，沿山脊修着角线分明的城墙、步道和敌楼。此时已是夕阳最后的辉煌，站在峰尖俯视整座关城，阳光下各座关门和城楼都飞扬着神气的檐角，精致的脊兽、整齐的青瓦也没打算装扮出岁月的痕迹，游客们在气派的关城里闲荡，“冲要”的血泪和硝烟早已散落在历史深处。

大河上下

出雁门关，我们就算是告别了太行山脉，进入吕梁山脉。吕梁山脉是一条重要的分水岭，汾河在东，黄河在西，而管涔山正是汾河的发源地。虽说已进入黄土高原，但管涔山沟壑纵横、满目青翠，完全不符合人们对黄土高坡的刻板印象。《山海经》已有“管涔山”之名，指的是黄河以东、发源汾水的山。《赵家洼的消失和重生》却认为，管涔山就是岢岚山，是从“贺兰”转音而来的。管涔山是塞外民族和汉族交锋的前线，也许真的是贺兰山下人转场山西，遇见山势险峻的管涔山，便以家乡的山命名新地，因有“岢岚”。今天的岢岚县正是在管涔山的西北麓。清代编写的《岢岚州志》称：“岢岚环万山而为城，东西南北皆山也。”山险路遥，“虽有长流漪水诸河，莫资灌溉”，所以农耕收入微薄，百业难兴，人口稀少。然而为难人类生存的自然往往是滋养人类审美的自然，管涔山“水作琴中听，山疑画里看”（杜审言《经行岚州》），秀丽、清峻，天然就是满腔诗情的催化剂。

不知杜老先生的时代有没有发现，管涔山的主峰芦芽山有个非形容词的“冰火两重天”。“冰”是指宁武县春景洼乡麻地沟村的万年冰洞。一个位于北纬38度、海拔2736米的山，跟永久冻土层毫不相干，山体里却藏着一个300万年也不消融的冰洞，且冰洞垂直往下，深不可测，至今只开发了100米，其中85米对游客开放。进入洞中，一路往下，沿途都是冰壁、冰柱、冰瀑。“火”是指距冰洞200米的地火，据说千年不灭。这两者如何能相伴相随，确实令人费解。

跨过管涔山，我们就真正进入了黄河的领地。黄河在这一段从北向南划过黄土高原，几乎就是陕西和山西的界河。黄河两岸山丘高低起伏，大雨滂沱，冲刷着麦黄色的泥土，岭上密集的苹果树在雨中犹如一条翠色的河流，碧绿里闪烁着轻绯，那是正在等待被收获的苹果。不看山岭下奔腾的黄龙，还以为回到了多雨的江南。这个夏天，黄河比往时更加汹涌，水位上涨，淹没了著名的水蚀河岸——黄河大画廊，也淹过了高家塔渡口。

碛口镇在高家塔渡口上游十几公里，是明清以来的商贸重镇。碛，意为水中石。放在黄河里，就是河道里的乱石滩。千里奔袭的沙石一旦在河道里落下脚，就会努力与河水搏击，拦

碛口镇

住一切试图前进的东西。黄河从偏关老牛湾进入山西，曲折南下400公里来到此处，又是一个往西的转折，还恰好遇到它的支流——湫水河，随两条河流奔袭的沙石挤压河道、抬高河床，终于成就黄河第二碛——大同碛。往来西北各省的物资到此均须离开黄河，改走陆路绕过为难人的大同碛。大同碛的东北岸边，湫水河入黄河的河口处由是车水马龙、人丁兴旺，造就了碛口镇两百年的繁华。

碛口是一个沿着黄河东岸和湫水河北岸铺陈的镇子，两条河以直角相交，镇子就好像拉满的弓。河岸的平整地段并不多，所以镇子只能往卧虎山发展，街巷也随着山势的抬升一阶阶向高处延伸。此时的古镇，整齐的青石道、整齐的灰瓦、整齐的木板屋墙，屋前挂着喜庆的红灯笼，似乎同它热闹的旧日时光没什么两样，还是宾客如云，家家客栈都满房，南来北往的人们游荡在逐级上升的街巷里。但旧日其实已经远去，汹涌的黄河上不见一艘船，岸边奔跑的不是骆驼和骡马，而是各式各样的汽车，整齐的屋檐下不再堆满油桶和货包，各种老字号下卖的是全国各地都有的小吃和旅游品，进出各个店铺的，不再有满面风尘的游商和破衣烂裳的力夫，全是走走拍拍、指指点点的观光客。

古镇上的人不可能留在过去，古镇上的物却还真的保留了满身时间的痕迹。在古镇层层递升的街巷迷宫里穿梭，青石地砖领着我们掠过一间接一间的货栈，寻访骆驼店宽敞院落的骆驼蹄印，窥探客栈的窑洞，琉璃瓦排出干净的线条，脊兽神气地蹲坐在飞扬的屋檐上，青砖拱券画出完美的半圆，精致的斗拱和门窗虽然褪去了新色，却依然在讲述当年的繁华。碛口镇的最高点是黑龙庙，它高高地盘在卧虎山间，在码头都能看到它的三重檐。它拥有整个碛口最豪华的歇山顶和斗拱。庙里还保留着道光二十七年（1847）重修时永宁州知州所题的卧虎山黑龙王庙碑，以及民国五年（1916）重修时的重修黑龙庙碑记。此刻气度不凡的它却是1991年修缮的，修庙的碛口镇政府同样留下了碑记。庙前卖香火的不见多少，摊位上摆满了红红绿绿的布老虎。

站在黑龙庙前，满弓形的镇子一览无余，灰色屋墙一层层向河边蔓延。左边的湫水河一头扑入前方宽阔的黄河里，两条凶猛黄龙在此处合体，该是相见恨晚。越过河口，远方黄河西岸边有一处格外湍急，那就是大同碛。古镇的石阶上，坐着一个老人，手中的三弦和口中的吟唱都是那么苍凉。尽管正午的阳光明亮地照着，仿佛没有一丝阴影能够躲过它的关怀，尽管老人的唱词我们一个字也听不懂，猜测在这秦晋边地，也许是梆子腔也许是秦腔，但那凄苦的弦音伴着的嘶哑的嗓音，在这肆意奔涌的黄河边，只会让人感到生命的脆弱和天地的无情。老人的头顶光秃，两鬓和胡子雪白，身上的一切都是那么随意：三弦琴身看不出油漆的痕迹，讨钱的木箱早已磨平了棱角，老人将一只编织袋垫在身下，身旁放着一根扁担。来来往往的游客自顾自拍照、说笑，同他擦肩而过。

黄河的确是条恣意的河，从青海玛多县出来，虽然大体上是往东流，却在下河沿到河口镇画了一个“几”字，从南往北、从北往南，完全不吝惜自己的体力。它在山西和陕西间，虽然从北到南画了条直线，可真要细看，这条直线却有很多细折，这就是晋陕峡谷间的众多黄河大拐弯。晋陕峡谷是黄河在黄土高原上切下的一道深邃刀口，由于黄土高原土质相对疏松，黄河切出的谷底大多有五六百米宽，也是由于这儿的山体好欺负，黄河可以左拐一个弯，右拐一个弯，为两岸造出一系列“太极湾”“乾坤湾”。山西、陕西两省有着黄河赐予的天然美景，争相沿着黄河修公路，山西这边叫“黄河一号旅游公路”，贯穿忻州、吕梁、临汾、运城四市。陕西的叫“沿黄观光路”，途经榆林、延安、韩城、渭南四市。不过黄河能切下的地质，果然并不坚固。黄河一号公路也好，沿黄观光路也好，都算不得优质公路，时不时地面塌陷，笔直的柏油路经常

碛口的老人

晋陕峡谷

黄河画出的太极图

塌出一个个小坑，裂开一道道缝隙，严重的，整个路面中断，维修人员架起路障，逼得你只能从山里绕路而行。从来不信邪的时予，非要跟黄河不离不弃，趁修路人员下班，绕过路障，继续在破破烂烂的待修的路面行驶。崩开的裂口一个比一个宽，终于让大林猛地刹住车，因为眼前的断口大过了车轮。

从碛口随黄河南下百余公里，是无定河入黄河的河口。晚唐人陈陶，在星光璀璨的古代文学史上不算太出名。但一句“可怜无定河边骨，犹是春闺梦里人”，穷尽了悲伤。而无定河，正是黄河的支流，发源于陕西定边县，在清涧县河口汇入黄河。陈陶的《陇西行》讲的是汉朝的旧事，刘彻要“为天下宗”，大征四方，屡次派卫青、霍去病驱逐匈奴，所谓“漠南无王庭”，无定河也因之成为汉朝的内河。陈陶在千年前的诗句，穿越时空，留在每颗悲悯的心中。

我们能认出这条饱含悲情的河，是因为陕西省在河岸高塬上立了一块碑，写着“陕西无定河曲流群地质公园”。这一带的沿黄公路也被高高抬起到山梁上，站在崖边，看着深谷里黄色长练腾挪翻滚，抹去昔日战场的一切痕迹，只让人记住曲流群、古生物化石、沉积构造、黄土地貌等地质遗址。无定河在汇入黄河前的一段特别曲折，左旋右转，活像一条不安分的蛇，所以被称为“蛇曲”。在它加入黄河后，似乎为黄河的狂

黄土地貌

放添了助力，黄河连续画出两道圆弧，形成一个巨大的“S”。大自然的恩赐之地不会有宗教的缺席，此地曾有庞大的寺庙群，据说初建于元朝，由一个寡妇修建，称为“寡妇坪”，既拜佛也信道。同治年间，僧侣们欲与西捻军起义，被清廷围剿，不管佛寺道观，均化为灰烬。

晋陕峡谷最壮观的景色却是在壶口。黄河南行700多公里，落差有600多米，巨大的冲击力裹挟着黄土高原松散的土质，终于在陕西的宜川县和山西的吉县造就黄河最大的碛——壶口。此地黄河宽度由300米被峡谷压缩成二三十米，又从20多米高处冲击而下，形成壶口瀑布。壶口瀑布从陕西和山西两侧均可以观赏。原本陪伴黄河的沿黄公路就在瀑布边。但此刻，在瀑布的核心位置，路边栽着密密的灌木，拦起高高的铁丝网和挡板，必须从离瀑布很远的景区门口进入，乘景区观光车才能到达“悬流千丈”的位置。驱车经过，能听到黄河的怒吼，从围栏的缝隙里窥见滚滚波涛，就是看不到“崩浪万寻”。就算是这样，路边也停了一长串汽车，一群群的人挤在围栏前，或踮脚扯脖子，或弯腰找缝隙，就是不愿意进景区观光。我们几个也属于这类小气鬼，连从未见过壶口瀑布的渔夫夫妇也坚决不肯进景区一游。我只好将车开到瀑布下游很远的地方，远到连灌木都稀疏的地方，一群人才能站在路旁，看着“十里龙槽”

里憋屈的黄河水。由于此地的碎黄土塬由西向东微倾，陕西一侧的河水已经漫过龙槽之顶，向上涌动，山西一侧估计水已大大高过河岸，景区应该都无法开放了。多年前，我也是在陕西一侧观看壶口瀑布，当时是枯水季，却也惊涛骇浪，河水从高碛凶狠地砸向河谷，飞沫能溅湿一身。此时黄河发洪水，巨大的水量应该能让壶口瀑布呈现最宏大的景象。我们错过了它，只好在心中默念郦道元著《水经注》也并不是亲见了所有这些地方啊。

但郦道元《水经注》里记载的黄河瀑布却是孟门。他以《穆天子传》为据，称孟门为黄河之巨厄，“此石经始禹凿，河中漱广，夹岸崇深”。今天的孟门，在壶口以下5公里处。400米宽的黄河自壶口巨碛倾泻而下，马上被一道深槽束缚，在三五十米宽的河道里奔腾5000米，到山西柳林县的孟门才得以舒展。这道深槽就是“十里龙槽”，而孟门，据称原为巨石横亘之处，大禹治水首先就是凿开蛟龙壁，将洪水疏通出去，不至为患，因而成为“天下黄河第一门”。从孟门南行60公里，就是晋陕峡谷的末端——龙门。黄河从不足40米宽的深峡里冲出，便是一展平阳，河面放宽到10公里。从壶口的怒吼到龙槽的呼啸，从孟门的轰鸣到龙门的静默，黄河总算是摆脱了晋陕峡谷的压制，到达自由的滩地。龙门同样是大禹治水的遗迹，所以也称“禹门”。大禹如何治水无从考据，都是传说，而在今天，一座现代化的水坝——禹门口水利枢纽依山崖而起，正是黄河即将展开胸襟之地，而黄韩侯铁路和侯西线也选在此地跨越黄河。

黄河在龙门出晋陕峡谷后，又耐着性子走了百余公里，遇到秦岭的阻碍，一个转折回到东流入海的宿命。

风陵渡在黄河北岸，属山西省运城市。转过弯的黄河依然自由流淌，一派悠然，尚不知前面还有晋豫峡谷的束缚等着它。落日把仅剩的光芒抛洒到宽阔的河面，不解风情的河水却毫不留恋地径直东去。渡口东约4公里的位置架起一座雄伟的大桥，一连串敦实的桥墩稳稳撑起一条长长的主梁，那是1994年建起的风陵渡黄河大桥，跨越了1500米的河面。从此风陵再无渡，空留“风陵渡”的地名任人怀古。这怀古也只能潦草结束，因为此地已不余任何渡口痕迹，除了岸边游船上挂着的褪了色的招牌——“风陵古渡农家乐”。

风陵渡的名字来源于战争。黄帝与蚩尤战于涿鹿之野，风后发明指南车，帮助黄帝冲破蚩尤的漫天迷雾，自己却在战争中被杀，黄帝把他葬于此，才有了“风陵”的地名。从先秦开始，风陵渡一带就是战争的要塞。韩信在此巧战魏军，曹操在此讨伐马超。风陵渡的最后一次血雨腥风距我们仅80多年。徐

风陵渡黄河大桥

州沦陷后，日军向风陵渡进攻，企图南渡黄河，打下潼关，剑指西安。中国军队死守潼关，风陵渡多次易手。其中一次鏖战发生在1938年8月，中国军队两个营和当地乡民将日军拦截在黄河以北足足15日，伤亡惨烈。这一年年底，曾经“引刀成一快，不负少年头”的汪兆铭在越南发表“艳电”，提出与日本“恢复和平”，并于1940年3月组建伪政府，向日本侵略者投降。而顽强的中国军队，正在各个战场与日军浴血奋战。山西饱受日军蹂躏，但风陵渡对岸的潼关始终屹立在日军面前，从1938年3月日军从风陵渡炮击潼关，到1944年5月灵宝战役后日军放弃潼关，6年未让日军西进一步，其是“一寸山河一寸血”啊。

当年日本人穷尽兵力不得寸进的潼关，我们驶过那座1409米长的大桥就到了。潼关设关城虽始于东汉，但脚下这座潼关古城是唐朝武则天时的选址。据考证，隋以前的潼关应在其南，因黄河不断下切河谷，造出新的黄土塬地，为了卡住黄河的转折点，关城不断北移，最终到达现在渭河与黄河交汇口。关城外同样有一个渡口与风陵渡遥相呼应，只是现在这个潼关渡口却是彻底的景区，黄河沿岸修起一大片仿古院落，檐角飞翘，砖瓦整齐，灯笼列阵，绿树成荫，到底不是真渡口，所以不见人头攒动，骡马咴咴。此时黄河涨水，已漫过岸边的观景步道，保安们不停地驱走游客，整个景区更显空荡。明月初上，残留的天光照着寂静的街巷，就算知道它是人造景观，也还是会为繁华的消逝而伤感。

但这座与黄土和黄沙相伴的潼关却是毋庸置疑的古城，尽管柏油和水泥已取代青石和青砖，尽管城墙已拆得七零八落。攀到明代关城遗址最高处，眺望黄河的大转折，你就会明白，为什么曹操要弃函谷关而设潼关，为什么武则天要北迁关城至塬下，为什么朱元璋要把潼关扩建成周长6公里的大关城。一般认为，《春秋左传》里“以守桃林之塞”的“桃林塞”就是指潼关。杜甫当年行到此处，已是久不得志的老翁，面对潼关吏“万古用一夫”的大话，也只能忧叹：“哀哉桃林战，百万化为鱼。”

明代奠定的关城规制，在日军狂轰滥炸中已毁坏大半。20世纪五六十年代修三门峡水库，潼关距三门峡只有百把公里，成为蓄洪区，又拆除了好些建筑。但三门峡水库自建成起就面临泥沙淤积的困境，蓄水未能达到设计容量，潼关免于被淹的命运，古城因而得以保留。在古城西秦东镇还留下一条老巷子——水坡巷。它原为古城南门南大街的第一巷，巷子依黄土台塬沟壑向南攀升。巷道比两侧民居低了足有三四米，所以如果街东的后生要去见街西的女子，得沿着高高的坡崖走到横

潼关水坡巷

桥处。于是，街巷的上空不时横过一座石桥，如果不是巷中无水，我们就像来到了江南水乡。

八月的陕西阳光明媚，温度适宜，正是嫁娶的好时光。街东的后生和街西的女子办起了喜事。方正的大门上贴着喜庆的对联，横空的石桥架起鲜花拱门。街巷边好不容易腾出片空地，铺上短短的红毯，牵上缕缕合欢，蒙上巨幅喜字，就等着后生和女子站上舞台。簪红花的女家妈妈在街西焦急地打着电话，不知是不是在催促亲朋；一身红衣的男家爸爸热情地邀请探头探脑的我们入家就席。还是上午10点，院子里搭出的大棚下就已经宾客满座，等着婆姨们端上喜宴。我还真想掏个红包，在布满光阴痕迹的照壁下吃吃这千年关城里的喜宴，看看邻家女子是什么模样。

街坊的婚礼

隔不断的南北

我们离开黄河，朝秦岭驶去。半个小时后，华山高高耸立在我们左侧，像无数个巨大的岩石卫兵，陪我们驶向前方，画出一道复杂的天际线。“横看成岭侧成峰”，原来每座伟大的山都是如此。如果坐着缆车上下华山，只看到块块嶙峋山石，哪里能想象出它是如此巨大的存在。

同样不能想象的，是终南山公路隧道。我们驶入隧道，直到蓝天白云的天幕和道旁的假树出现，才蓦地反应过来，我们已经进入18020米长的中国第一隧道。因为隧道实在太长，为降低司机的疲倦感，隧道里特意做了蓝天白云、树影婆娑的景观。

出了隧道，我们就来到秦岭以南。秦岭南北宽达100至150公里，西起昆仑，东至大别山，划分了中国的南北。它的主峰太白山高3767米，绵延1600公里的山体平均海拔也在1200米以上。气流也受到秦岭的影响，所以一边是“胡天八月即飞雪”，一边是“秋草萋更碧”。

但秦岭阻隔得了气流的畅通，未必能阻隔人类的步伐。今有终南山隧道贯通南北，昔有秦楚古道。秦汉的大一统，催生了全国性交通网络。秦都咸阳、汉都长安对荆楚、长江流域以至岭南的控制，都需要跨越秦岭，向南方拓展。从关中平原出发翻越秦岭的古道众多，有傥骆道、蓝武道、库谷道、义谷道、锡谷道等，我们今天所称的“秦楚古道”，来自春秋战国沟通往来的选择，来自秦统一后修筑的正规驰道，也来自汉以来各个古代政权交通南北的投入。

作为景区的秦楚古道大门就在陕西柞水县营盘镇的秦丰村。我们到的时候已不早了，可大门仍然锁闭。略显寒酸的大门上却刻“终南山秦楚古道”几个大字。大门外一片静谧，除了鸟语，悄无声息。如果没有这几个大字，很难想象昔日人客川流、马走骡行的驿道情形。等了好一阵子，才把售票的、开门的、开车的等齐。售票员交给我们一张手写“7人门车票”的泛黄纸条。估计这是全中国最省事的门票了。司机把我们收入小面包车，在安静的山路上狂奔，来到9公里外的耍钱场。

所谓“耍钱场”，就是山谷里的一块平地，草丛中修了一圈环形水泥车道和一个候车的棚屋。车道只能到此，再往上就得步行了。据说这里是古道的木材转运场，有货的地方就有

最省事的门票

生意，所以当年这里有车马店，有销金窟。据说宋太祖赵匡胤微时在驿道上流浪，以招赌为生，赢了全拿走，输了不给钱，凭着兄弟俩的武力，做无本买卖。后来他这无本买卖做到了极致，趁着柴荣暴毙，夺了后周的江山，战荆湖、灭后蜀、收南汉、取南唐，赵光义继位称帝，北伐无一胜绩，彻底放弃收复燕云十六州的梦想，为宋朝埋下了北方的巨大隐患。150年后，他的子孙赵佶、赵桓失掉了长江以北，为大宋子民带来深重的灾难和无比的耻辱。

宋朝的声色犬马早已成为往事，寂静山风中，我们沿古道继续攀登终南山。说是古道，其实都是在山林中铺出的石板路，究竟是古代留下的路石，还是刚刚修整的步道就不得而知了。道上立着的木牌说，这就是"义谷道"的一段，贯通天都池和花门楼，全长18公里，于南北朝时拓宽至25米，可行兵车。

秦楚古道从这儿翻山，的确是考虑周到的。这一路山势颇为舒缓，沿途林深草密，花木繁多。如果钻进野林，还能找到护林员搭建的瞭望台。这个为森林防火架起的高台，却为我们眺望秦岭风光提供了便利。只见起伏的群山向四方绵延，直到与白云相接。如此重重障障也拦不住人类的脚步：老子出函谷关，留下一部《道德经》而入秦岭；秦人翻越秦岭，征服

秦岭万重山

了整个华夏；白居易“望秦岭上回头立，无限秋风吹白须”，南下江州，为琵琶女掬一把沧落泪；南宋把淮河以北丢给了契丹人，却凭借吴玠的勇气和智慧，坚守秦岭和汉中，以三关五州维持着宋人的半壁家园，“楼船夜雪瓜洲渡，铁马秋风大散关”； 王重阳离开咸阳出走，开创全真道，连忽必烈都被他的法术吸引；朱元璋登基后，并不满意南京这个都城，一直计划着迁都，长安是一个理想的选址，于是派出太子朱标去考察，要不是朱标死于考察之累，说不定这位精力旺盛的皇帝就会开始他的翻越秦岭工程……

攀登秦楚古道，其实也是一堂大自然的现场课：从海拔2000米左右的亚热带或暖温带森林到海拔2550米的高山草甸，一路杆壮叶肥的阔叶林、树身笔直的针叶林、枝丫蔓生的灌木丛、抓紧山岩的草丛，替次出场。夏天对终南山厚爱有加，把所有的色彩都洒在它的身上。尽管终南山最有名的高山杜鹃已过花季，但眼下姹紫嫣红的各类花朵依然在满山绿茵上纺出一幅华美的织锦，轻红赤朱的细果是堆珠，浅粉鹅黄的花盏是晕色，喇叭花冠吹出蓝紫的音符，星星花瓣摇摆嫩白的舞姿，一路繁花相送，直到终南山脊。

终南山又名“太乙山”，是一座有着独特符号意义的山。几千年的隐士们为它打上了“天下第一福地”的标签。虽然它高度不过2604米，并不是秦岭山脉最高的山，因为横亘在长安的南面，且山势险峻，山体大，山谷深，成为史上众隐士栖身的首选。函谷关令尹喜拿终南山的草庐吸引安徽人老子著书；姜子牙没找到钓鱼的好地方时隐居在终南山；逃过“走狗烹，良弓藏”的张良在终南山得以寿终正寝；天竺人鸠摩罗什在终南山译出294卷佛经；孙思邈采药终南山，将医药学研究隐匿在仙风道骨里；王维在终南山建辋川别业，“世事浮云何足问，不如高卧且加餐”是多少失意人的自我慰藉；“出门见南山”的李白与倾慕他的小友杜甫相约访隐，却空许了一场宏愿，此后两人再无相聚。时间过了两千多年，终南山里的隧道都通了好几条了，山间还是“幽人”栖绝巘的地方。总有一些人不走寻常路，告别滚滚红尘跑到山里，或租下农人的旧屋，或搭建潦草的棚窝，忍饥受冻，追求他们心目中的“大道”。

但我们目中所见的终南山，只有一览无余的高山草坡，只有望不到头的重重峰峦和白云飘舞的清朗天穹。攀到坡顶，道路便分为两条，往左是登翠华山的步道，往右通往终南山2604米的陡峭峰脊。哪条道我们这群人都没本事走，只能站在坡顶向北方眺望，那是唯一没有群山遮眼的方向，是以秦岭为屏障的北方，是西安城，是繁华了十三朝的古都。“西北望长安，可怜无数山。”赣江边辛弃疾眺望的，无论是西安还是开封，

终南之巅

终南山的路

都只能空余一腔孤愤，当中不但隔着漫长的路途，更隔着国恨家仇。

尽管只是从海拔约2000米的要钱场攀到2550米的高山草甸，尽管沿途基本平缓，只在最后有几段笔直山路，我们却足足花了两个小时。不过，我们下山时发现，这条秦楚古道还是蛮热闹的，一身运动装备的登山“驴友”风一般地掠过我们，穿红着绿的老年旅游团气喘吁吁地向我们打听前路还有多远，小情侣们手牵着手，直把登山当逛街。已经过了午时，也许这才是古道的吉时。

终南山下南行100多公里，就到了秦楚的边城——漫川关。这个处于陕西商洛市山阳县的小镇，离湖北十堰市郧西县上津镇只有20公里，往东就是河南南阳淅川县，漫川关处于陕、鄂、豫三省的交界，作为关口的历史长达两千多年。据说“朝秦暮楚”原来就是指这个古镇的人无奈的求生之道。眼前的这座古镇却让人十分眼熟：路旁山崖下赫然立着一座崭新的青石牌坊，“漫川关”三字显眼地横亘在门头。古镇沿靳家河往东南延伸，金钱河在它的南面，这也是它能成为水陆码头的原因。不过就算在这涨水的季节，靳家河也不过宽十米左右，公路和铁路抢走了它的货流，水利工程或水道变迁让它失去了水运的作用，曾经繁华的关镇只剩下访古的功能。古镇上的建筑尽管都是飞檐翘瓦，试图营造出千年余韵，但空落的街道、凋零的店铺无论如何也唤不回当年关镇的风采。学画的孩子们三两结伴在街上摆出写真的架势；镇上的小贩心不在焉地守着小摊，向我们推销土特产；两只羊被拴在精致的大门前，把树叶啃咬得一地零乱；街道旁突然出现半栋残屋，也许是屋主拆着旧屋然后失去了兴趣……

西去的太阳照着新铺的街道，地上刻着“秦”“楚”两个篆字，我们跨过这两个字，继续向南而去。

这一行，我们从长江流域到黄河流域，又穿越秦岭回到长江流域，恰好这一年是丰水年，所遇河流几乎都在涨水，似乎水在大地是最不稀缺的东西。但中国的水资源是极不平衡的，因此，中国启动了规模宏大的南水北调工程。这个大工程有东、中、西三条线路，经过大半个世纪的经营，东线和中线已成规模，只有西线还在探索。

我们眼前这座高耸的水泥大坝正是南水北调工程中线的核心——丹江口水电站。

中线工程是跨越长江和黄河两大流域的输水工程，在河南、河北、京津间需要挖多少沟渠，建多少大坝，光想一想它的工程量就令人头皮发麻。在20世纪50年代，缺乏大型机械设备，而大坝要修筑成功，必须有混凝土浇筑设备，因为技术不达标，还在1962年至1964年间停止了大坝的主体工程。一套集砂石供给、混凝土搅拌、运输上坝的砼系统由此诞生，并最终完成了丹江口大坝的建筑任务。

丹江口是汉江最长的支流丹江汇入汉江之处。从丹江口以下，汉江离开重重峰峦的秦岭，进入中下游的广阔平原，所以丹江口是最适合拦截汉江水的地方。但丹江口的海拔高度并不足以向京津供水，它与北京必须要有100米以上的高度差才能实现小量自流调水，因此，丹江口必须达到146米以上的蓄水位。

丹江口水电站景区的电瓶车拉着我们爬上高耸的大坝，驶过发电机组段。升船机高高的蓝色吊塔从车旁掠过，仿佛两个巨型机器人守护在坝上。车子径直开到大坝西端，在这个允许游客停留的平台上，我们终于可以远望丹江口的风采。丹江口大坝铸在丹江口水库最南端，汉水由西北而来，被大坝拦下，碧水向东北荡漾直到目力之外，那是丹江入汉的地方，南水北调中线的起点陶岔渠首在丹江口东北30多公里处，处于水库最东端。汉江水从那儿出闸踏上1000多公里的旅程。宽厚的大坝牢牢束住这1050平方公里的水面，拥有了无限力量的水，在敦实的水泥面前藏起了自己的狂野。此时水库水位为160多米，坝上36个溢流表孔并没打开，大坝以南的汉江水面明显大大低于

丹江口水电站

水库。高耸的升船机安静地晒着太阳。所谓升船机就是垂直电梯加扶手电梯，不过坐电梯的是船而不是人。垂直升船机将船从水库的水面提升到坝上，然后送到坝南的人工湖里，接着由斜面升船机送到汉江的河道里。如此耗时耗力，怪不得转坝的船只几乎看不到，毕竟汉江东岸就有一条福银高速贯通南北。少了船运的丹江口，水面愈加清澈，水质稳定在Ⅱ类以上。

汉江水被大坝分出了两种命运：北上的水在浩瀚的水库里悠闲地等待，南下的水继续在故道奔腾，奔向自己的归宿——长江。虽然已经被截留了大量河水，汉江的势头依然不减，江水拍打着宽广的河道，水面扬起细碎的波澜。穿着背心裤衩的小孩儿在河里窜来窜去，不时抬头甩甩水花，看着我们这些岸边拍照的外乡人笑得一脸阳光灿烂。水泥灰的大坝安静地守在河道的起点，默默注视着红尘万丈。